GROSSER EISBÄR
IKLIK
KLEINER EISBÄR
SCHNEEHUHN
SCHNEE HASE

Anu Stohner • Henrike Wilson

AKLAK, DER KLEINE ESKIMO

Spuren im Schnee

Anu Stohner • Henrike Wilson

AKLAK, DER KLEINE ESKIMO

Spuren im Schnee

cbj

Sollte diese Publikation Links auf Webseiten Dritter enthalten, so übernehmen wir für deren Inhalte keine Haftung, da wir uns diese nicht zu eigen machen, sondern lediglich auf deren Stand zum Zeitpunkt der Erstveröffentlichung verweisen.

Dieses Buch ist auch als E-Book erhältlich.

Zum Wort „Eskimo“: Man hört immer wieder, man solle nicht „Eskimo“ sagen, weil es angeblich ein hässliches Wort sei und „Rohfleischesser“ bedeute. Aber das ist falsch. „Eskimo“ war ursprünglich ein nordamerikanisches Indianerwort für Menschen, die hoch oben in der Polarregion lebten. Die Sprachforscher wissen noch nicht genau, ob es „Schneeschuhflechter“ oder „Menschen, die eine andere Sprache sprechen“ bedeutet. Manchmal ist das mit alten Wörtern nicht so einfach. Aber ein hässliches Wort ist „Eskimo“ sicher nicht, was man schon daran sieht, dass es viele Eskimos selbst benutzen. Wer's nicht glaubt, braucht nur ins Internet zu schauen.

MIX
Papier aus verantwortungsvollen Quellen
FSC® C043106

Verlagsgruppe Random House FSC® N001967

2. Auflage

in der Verlagsgruppe Random House GmbH
Neumarkter Str. 28, 81673 München

Umschlagbild und Innenillustrationen: Henrike Wilson und Sarah Häring (Pinguinfamilie S. 11)
Umschlagkonzeption: init | Kommunikationsdesign, Bad Oeynhausen
AW · Herstellung: AJ
Satz: Buch-Werkstatt GmbH, Bad Aibling
Reproduktion: ReproLine mediateam, München
Druck: Grafisches Centrum Cuno, Calbe
ISBN 978-3-570-17228-5
Printed in Germany

www.cbj-verlag.de

Inhaltsverzeichnis

1. Weit, weit im Norden

Weit, weit im Norden, wo das Huhn Schneehuhn und der Hase Schneehase heißen, da wohnte der kleine Eskimo. Er ging schon in die Schule und passte auch immer schön auf, aber eines Morgens war es richtig schwer. Er wollte ja aufpassen, aber er konnte nicht. Er musste immer nur an den Eisbär denken, den er am Tag zuvor gesehen hatte. Am Meer war das gewesen, nicht weit vom Glatzkopffelsen, der so hieß, weil er wirklich wie ein Glatzkopf aussah. Der kleine Eskimo traf sich dort immer mit seinen Freunden, und die hatten den Eisbär auch gesehen. Sie hatten *Ich sehe was, was du nicht siehst* gespielt und erst gedacht, es sei nur ein Schneehaufen, der wie ein Eisbär aussieht. Aber dann bewegte er sich und war echt.

„Aklak?“

Aklak, so hieß der kleine Eskimo, und die Frau, die gerade seinen Namen sagte, war die Lehrerin. Aber Aklak hörte sie gar nicht, so sehr war er in Gedanken.

„Aklak!“

„Äh … wie?“

Endlich hatte er sie gehört. Die Lehrerin war sehr nett, aber als Aklak jetzt zu ihr hochschaute, guckte sie doch ein bisschen streng.

„Was hab ich gerade gesagt?“, fragte sie.

„Aklak“, sagte Aklak.

Das stimmte, aber trotzdem lachten alle: Iklik, die mit ihm in die erste Klasse ging, die Zwillingsmädchen aus der Zweiten und die drei großen Jungs aus der Dritten. Mehr Kinder gab es nicht in der Eskimoschule, und sie saßen alle im selben

Klassenzimmer: die Erst- und Zweitklässler an einem Tisch und die Drittklässler an einem anderen. Viertklässler würde es erst nächstes Jahr wieder geben.

„Na!“, sagte die Lehrerin, dann war Ruhe, und sie wandte sich wieder Aklak zu.

„Und vorher?“, fragte sie.

„Auch Aklak!“, platzte da einer der Drittklässler heraus.

Jetzt musste die Lehrerin selber lachen, weil die Antwort so albern und ja trotzdem nicht falsch war.

„Schön“, sagte sie, als sie sich die Lachtränen aus den Augen gewischt hatte. „Der eine hat verstopfte Ohren, der andere einen Clown gefrühstückt – da malen wir jetzt erst mal was. Das beruhigt die Nerven.“

„Und was?“, fragte Iklik.

„Wir malen …“, sagte die Lehrerin, die es sich anscheinend auch erst überlegen musste. „Wir malen die Vögel, nach denen ich den jungen Mann mit den verstopften Ohren gefragt habe.“

„Also Pinguine“, sagte Iklik, die besser aufgepasst hatte als Aklak.

Sie nahmen in der Stunde nämlich die andere Seite der Erdkugel durch, wo es mindestens genauso viel Eis und Schnee gab wie bei ihnen. „Antarktis“ sagte man dazu, so wie man zu ihrer Seite „Arktis“ sagte. Menschen wohnten dort keine, aber es gab natürlich Tiere. Von denen hatte die Lehrerin gerade erzählt und dann nach den berühmten Watschelvögeln gefragt, die es in der Antarktis gab und in der Arktis nicht. Dass es die Pinguine waren, hätte Aklak sogar gewusst. Aber er hatte die Frage ja nicht gehört. Weil er an den Eisbär denken musste. Dass der nur bei ihnen in der Arktis vorkam, wusste er auch.

„Dürfen wir Wasserfarben nehmen?“, fragte Iklik.

„Wasserfarben, Buntstifte – was ihr wollt“, sagte die Lehrerin und setzte sich an ihren kleinen Lehrertisch.

Aklak nahm Wasserfarben, weil man damit besser Eis und Schnee malen konnte. Und er gab sich richtig Mühe. Er malte einen bläulichen Eisberg, der im dunkelblauen Wasser schwamm, und oben auf den Eisberg malte er eine Pinguinfamilie. Es sollten Kaiserpinguine werden, weil das die größten und schönsten waren. Zu Hause hatte er ein Tierbuch, darin waren sie abgebildet: weiß mit einem schwarzen

Frack und leuchtend gelben Ohrflecken, und ihre Schnäbel waren oben schwarz und unten rosa oder lila oder orange. Aklak beschloss, Lila zu nehmen, das fand er am witzigsten. Einmal kleckste er, aber zum Glück nur beim Eisberg.

„Sind wir so weit?", fragte die Lehrerin, als es nur noch zehn Minuten bis zur großen Pause waren.

Da legten alle die Pinsel und Stifte weg und zeigten ihre Bilder.

„Schön", sagte die Lehrerin, als sie Aklaks Bild sah. „Aber die Füße sehen haargenau wie Eisbärfüße aus, findest du nicht?"

2. Die Verabredung

Es war noch gar nicht lange her, da hätten sich die großen Eskimojungs über die falsch gemalten Pinguine schlappgelacht. Da waren sie richtige Rabauken gewesen und hatten die Kleinen immer nur gepiesackt. Vor allem Aklak. Aber dann hatte ihr Anführer das Hundeschlittenrennen um den Großen Eisbärbuckel gegen ihn verloren und seitdem waren sie sogar Freunde.* Darum lachten die großen Jungs jetzt nicht über die Eisbärfüße an den Watschelvögeln, sondern kicherten nur. Genau wie Iklik und die Zwillingsmädchen.

* Wer wissen will, wie das war: Es steht in dem Buch „Aklak, der kleine Eskimo – Das große Rennen um den Eisbärbuckel".

Die Lehrerin kicherte nicht. Sie schmunzelte nur leise und sagte: „Vielleicht solltest du eine Eisbärfamilie mit Pinguinfüßen dazumalen, dann können sie tauschen."

Jetzt mussten doch wieder alle lachen. Eisbären mit Pinguinfüßen! Wie doof hätte das denn ausgesehen! Außerdem hätten die Eisbären zum Tauschen um den halben Erdball latschen müssen. Oder die Pinguine watscheln. Anscheinend hatte die Lehrerin heute selbst einen Clown gefrühstückt.

„So, genug gelacht!", sagte sie, als sie sich schon zum zweiten Mal an diesem Morgen die Lachtränen weggewischt hatte. „Ab in die Pause mit euch!"

Das brauchte man den Kindern in der Eskimoschule nicht zweimal zu sagen. Sie stürmten ins Freie, und alle hatten genau dieselbe Idee: Schneepinguine bauen. Mit falschen Füßen!

„Ihr seid mir vielleicht Quatschtüten!", sagte die Lehrerin, als sie es sah. Aber dann half sie den großen Jungs sogar bei ihrem Riesenpinguin und machte ihm selbst die falschen Füße, damit er rechtzeitig vorm Ende der Pause fertig wurde.

Aklak und Iklik bauten jeder einen Pinguin für sich, aber natürlich kleiner. Und die Zwillingsmädchen bauten noch ein bisschen kleinere, aber dafür so viele, dass am Ende der halbe Schulhof damit voll war. Niemand wusste, wie sie das so schnell schafften, aber

sie konnten auch die schnellsten Schneemänner, und immer sahen alle haargenau gleich aus. So wie jetzt ihre Pinguine mit den Eisbärfüßen.

„Fertig“, sagte Aklak, obwohl er mit dem Schnabel immer noch nicht ganz zufrieden war. Er hatte es dreimal neu versucht und immer war nur ein Entenschnabel dabei rausgekommen.

„So“, sagte Iklik. „Auch fertig.“

„Deiner ist viel schöner“, sagte Aklak.

„Stimmt“, sagte Iklik. Es hatte ja keinen Wert, es abzustreiten. „Vielleicht hättest du lieber einen Eisbär mit Pinguinfüßen machen sollen. Den hättest du fast nur abzugucken brauchen.“

Während sie das sagte, zeigte Iklik zum Großen Eisbärbuckel. Das war der höchste Hügel beim Eskimodorf, der ziemlich genau wie ein schlafender Eisbär aussah. Oder wie der von gestern, dachte

Aklak, als er auch hinschaute. Komisch, dass ihm das nicht schon vorher aufgefallen war.

„Du denkst die ganze Zeit an den Eisbär von gestern, stimmt's?", fragte Iklik.

Aklak nickte. Manchmal war es, als könnte Iklik seine Gedanken lesen.

„Wir können ja heute wieder hingehen. Vielleicht sehen wir ihn noch mal", sagte sie.

„Ich weiß nicht", sagte Aklak.

„Was weißt du nicht?", fragte Iklik. „Ob wir hingehen sollen oder ob wir ihn noch mal sehen?"

„Ob wir hingehen sollen", sagte Aklak. „Meine Mama sagt immer …"

„Deine Mama sagt immer, du sollst auf den Eisbär achtgeben", unterbrach ihn Iklik. „Und das kannst du ja wohl nur, wenn du hingehst, oder?"

So hatte Aklak das noch gar nicht gesehen, das musste er zugeben.

„Und?", fragte Iklik.

„Einverstanden", sagte er. „Also um drei beim Glatzkopffelsen."

„Bei mir wird's vielleicht ein bisschen später", sagte Iklik. „Meine Mama will mir neue Stiefel kaufen."

Dann war die Pause um, und sie konnten die großen Jungs erst auf dem Weg ins Klassenzimmer fragen, ob sie wieder mitkommen wollten. Gestern waren sie nämlich auch dabei gewesen.

„Bei mir kann's nur ein bisschen später werden", sagte Ulvi. So hieß der Anführer der großen Jungs. „Ich muss meinem Papa Schlittenkufen schmirgeln helfen."

„Ich auch", sagte Alvi. So hieß der Zweite der großen Jungs, der ein bisschen wie ein Schneeball aussah.

„Ich auch", sagte Olvi. So hieß der Dritte der großen Jungs, dem immer die Kapuze ins Gesicht rutschte.

„Aber wir kommen in jedem Fall!", rief Ulvi noch leise von einem Tisch zum anderen, als sie längst still sein sollten, weil die Lehrerin die Rechenaufgaben für die Erst- und Zweitklässler anschreiben wollte. Die Drittklässler wären erst später dran gewesen und

hätten noch ein bisschen in ihrem Lesebuch lesen dürfen, aber jetzt überlegte es sich die Lehrerin anders.

„Schön, wir fangen mit den Herrschaften an, die es gar nicht erwarten können“, sagte sie. „Ulvi, mein Bester, wenn auf einer Eisscholle in der Antarktis 22 Pinguine mit falschen Füßen leben und die Hälfte von ihnen beschließt, zur Arktis zu laufen, um mit den falschfüßigen Eisbären zu tauschen – wie viele Pinguine brechen dann auf und wie viele bleiben auf der Eisscholle zurück?“

So schwer war die Aufgabe gar nicht. Aber Ulvi sah trotzdem aus, als ob er lieber schon Kufen geschmirgelt hätte.

3. Der Aufbruch

„Warum schlingst du denn so?", fragte Aklaks Mama, als er ratzfatz seinen Teller Spaghetti mit Fischbällchen leer gegessen hatte.

„Ich hab Alvi mein Pausenbrot gegeben", sagte Aklak.

„Und warum?", fragte Mama.

„Weil er solchen Hunger hatte", sagte Aklak. „Sie haben einen Riesenpinguin mit Eisbärfüßen gebaut, das war so anstrengend."

„Wer *sie*?", wollte Mama wissen. Das mit den Eisbärfüßen schien sie überhaupt nicht komisch zu finden.

„Die großen Jungs", sagte Aklak. „In der großen Pause."

„Und du?“, fragte Mama.

„Ich hab einen kleineren Pinguin gebaut, das war nicht so anstrengend“, sagte Aklak.

Aber seine Mama fand, er hätte sein Pausenbrot trotzdem nicht hergeben sollen.

„Alvi – ist das nicht der, der sowieso schon wie eine Dampfnudel aussieht?“, fragte sie.

„Höchstens wie ein Schneeball“, sagte Aklak. Alvi war schließlich sein Freund.

„Von mir aus wie ein Schneeball“, sagte Mama. „Trotzdem isst du in Zukunft dein Pausenbrot selber, hörst du?“

Und bevor Aklak was dagegen machen konnte, häufte sie ihm noch eine zweite Portion Fleischbällchen-Spaghetti auf den Teller. Jetzt *konnte* er gar nicht schlingen. Dazu war er schon viel zu satt. Dabei hatte er doch schnell loswollen! Manchmal waren Eskimomamas echt anstrengend.

Als Aklak vom Tisch aufstand, konnte er kaum gehen, so vollgefuttert war er. Und als er seinen Anorak anzog, kriegte er ihn kaum zu.

„Habt ihr keine Hausaufgaben?“, fragte seine Mama.

„Die konnten wir schon in der Schule machen, weil die Drittklässler die ganze Zeit rechnen mussten“, sagte Aklak. „Die Lehrerin war heute ein bisschen streng.“

„Sie wird ihre Gründe gehabt haben“, sagte Mama.

Sie war heute auch ein bisschen streng, da sagte Aklak lieber nichts und machte, dass er rauskam. Tuktuk, sein braver Husky, wartete sowieso schon ungeduldig auf ihn. Aklak spannte ihn vor den Schlitten, dann konnte es endlich losgehen.

Oder nein: Erst warteten sie noch kurz, damit Mama das mit dem Eisbär und den Eisschollen aus dem Fenster rufen konnte und dabei nicht so laut schreien musste.

„Aber gib auf den Eisbär acht! Und bleib von den Eisschollen runter!“, rief sie.

Und Aklak rief zurück: „Ja, ja!“

Dann schnalzte er mit der Zunge, und Tuktuk sauste los.

„Und rast nicht immer so!", rief Mama noch. Aber das hörten die beiden schon nicht mehr.

Hui!, brauste den beiden der Wind um die Nase. Er wehte aus Norden und war kalt und beißend, und Großvater hätte gesagt, er rieche nach Schnee.

Aklak konnte den Schnee nicht so gut riechen, aber vielleicht musste er dazu erst älter werden. Jetzt gerade fiel auch noch keine Flocke vom Himmel, aber lange konnte es nicht mehr dauern. Oder fing es sogar schon an? Gerade hatte Aklak so ein kleines Piksen auf der Wange gespürt. Das konnte von dem Schnee sein, den Tuktuk beim Laufen aufwirbelte, aber es hatte sich kälter angefühlt und piksiger. Da! Jetzt passierte es schon wieder. Es schneite.

Aklak duckte sich ein bisschen gegen den Wind, denn bei dem Tempo taten Schneeflocken fast weh. Er konnte natürlich auch langsamer fahren. Und ein bisschen seitwärts, dann wehte der Wind wenigstens nicht genau von vorn. Oder nein, am besten fuhren sie nicht kerzengerade rechts am großen Eisbärbuckel vorbei, sondern machten einen Schlenker links um ihn herum. Dann blieben sie noch eine Weile vorm Wind geschützt, und bis sie auf der anderen Seite waren, ließ er vielleicht schon nach. Manchmal war es ja nur windig, wenn es zu schneien anfing, und dann nicht mehr.

Doch, der Schlenker um den Hügel herum war eine gute Idee! Und Zeit genug hatten sie auch. Als er aus dem Iglu gegangen war, hatte Aklak auf die Küchenuhr geschaut, und es war erst kurz nach zwei gewesen.

„Alles klar, Tuktuk?“, rief Aklak, als er ihm das Zeichen gab, nach links zu halten. Tuktuk stellte kurz die Ohren auf, das war das Zeichen, dass er einverstanden war. Sie konnten schließlich beide nicht wissen, was sie da für einen riesengroßen Fehler machten.

4. Schnee

Als sie um den großen Eisbärbuckel herum waren, wehte der Wind noch genauso eisig wie zuvor. Und der Schnee fiel schon ein kleines bisschen dichter. Aklak musste die Augen zusammenkneifen, damit er sehen konnte, wohin sie fuhren. Es war ja noch ein ganzes Stück bis zum Glatzkopffelsen. Zum Glück kannte Tuktuk den Weg.

Trotzdem war Aklak froh, als er den Glatzkopffelsen endlich auftauchen sah. Wenn es schneite, sah der noch seltsamer aus als sonst: als wäre jemand eben gerade bis zum Hals eingeschneit. Wenn man den Felsen nicht kannte, hätte man sich glatt davor fürchten können. Aber Aklak und Tuktuk fürchteten sich natürlich nicht.

Sie hielten vor dem Felsen an. Das war ihr Lieblingsplatz und heute auch der, wo sie am besten vorm Wind geschützt waren. Das Komische war nur, dass außer ihnen keiner da war. Klar, Iklik und die großen Jungs wollten später kommen. Aber Aklak und Tuktuk hatten auch Freunde, die hier in der Nähe wohnten. Das Schneehuhn, der Schneehase und die Robbe waren das, und meistens warteten sie schon auf ihn. Wenn dann auch noch der Wal kam und sie alle zusammen auf einer Eisscholle durch die Gegend schob, war es am schönsten. Der Wal war auch ein Freund von ihnen und wohnte natürlich im Meer, aber das fing gleich hinter dem Glatzkopffelsen an.

Und heute: niemand. Aklak spannte Tuktuk aus, und sie gingen einmal um den Felsen herum – nichts. Sie hielten nach allen Richtungen Ausschau – wieder nichts. Dabei konnte man trotz des Schnees noch den Großen Eisbärbuckel sehen. Oder jedenfalls so ungefähr. Wenn man den vom Glatzkopffelsen aus nicht mehr sehen konnte, musste man schauen, dass man schnell nach Hause fuhr, sagte Aklaks Papa immer.

„Auf dem Meer ist auch nichts, oder?“, fragte Aklak, und Tuktuk schüttelte den Kopf.

Da schwammen nur Eisschollen und knirschten, wenn der Wind und die Wellen sie ineinanderschoben. Weiter draußen trieben die Eisberge, als ginge sie das alles nichts an. Und kein Wal weit und breit.

„Der Eisbär lässt sich auch nicht blicken", sagte Aklak. „Oder hast du ihn gesehen?"

Tuktuk schüttelte wieder den Kopf, aber diesmal ein bisschen heftiger. Als wollte er sagen: Das ist auch gut so, dass man ihn nicht sieht!

„Na schön, dann warten wir eben", sagte Aklak.

Dann setzte er sich auf den Schlitten, und Tuktuk setzte sich vor ihn hin und schaute ihn an.

„Ich weiß, was du spielen willst“, sagte Aklak. „Aber du gewinnst ja doch immer.“

„Wuff!“, sagte Tuktuk. Das hieß: Na und?

„Okay“, sagte Aklak. „Aber nur ein Mal!“

Das Spiel hieß *Schneeflocken mit dem Mund fangen*, und gegen Tuktuk hatte man keine Chance. Jedenfalls nicht als Mensch. Als es 37 zu 7 für Tuktuk stand, wollte Aklak aufhören. Aber Tuktuk war nicht einverstanden.

„Wuff!“, protestierte er. Das hieß: Das Spiel geht bis 100 und das weißt du auch ganz genau!

„Okay“, seufzte Aklak.

Am Ende ging es 100 zu 77 für Tuktuk aus, aber nur, weil er Aklak immer wieder aufholen ließ. Danach kringelte er sich zufrieden neben den Schlitten und machte die Augen zu. Aber auch so schnappte er noch nach Schneeflocken. Und erwischte sie alle! Es war wie Zauberei, und als Aklak es auch mit geschlossenen Augen probierte, schneite es ihm nur in den Kragen, und er ließ es schnell wieder sein.

Wo nur die anderen blieben? Es war doch bestimmt schon drei. Jetzt konnten Iklik und die großen Jungs aber wirklich bald kommen! Stiefelkaufen dauerte

doch keine Ewigkeit! Und jeder Schlitten hatte doch nur zwei Kufen!

Ob er wenigstens mal nach dem Schneehuhn, dem Schneehasen und der Robbe schauen sollte? Vielleicht trieben die sich ja ganz in der Nähe herum und hatten nur nicht gemerkt, dass er gekommen war. Konnte ja sein bei dem Wetter.

Aklak weckte Tuktuk. Oder eigentlich weckte er ihn gar nicht. Tuktuk machte immer schon die Augen auf, wenn Aklak ihn wecken *wollte.* Das war auch wie Zauberei.

„Komm!", sagte Aklak. „Wir fahren ein bisschen herum, vielleicht finden wir jemanden."

Für einen Moment sah Tuktuk aus, als wäre er damit nicht so einverstanden, aber Aklak merkte es nicht, und wahrscheinlich wäre es ihm auch egal gewesen. Sie konnten schließlich nicht hier sitzen bleiben, bis sie zugeschneit waren. Aklak spannte Tuktuk vor den Schlitten, und genau da fiel ihm der Eisbär wieder ein.

Komisch, dass er an den vor lauter Warten gar nicht mehr gedacht hatte! Aber er war ja auch nicht aufgetaucht. Vielleicht tauchte er sowieso nie wieder auf. Bis gestern war er ja auch noch nie so nah ans Eskimodorf herangekommen. Oder höchstens früher. Großvater erzählte manchmal von hungrigen Eisbären, die in strengen Wintern ums Dorf geschlichen waren, weil sie hofften, in der Nähe der Menschen fiele vielleicht was für sie ab. Aber solche Winter gab es gar nicht mehr, sagte Großvater immer.

„Los geht's!", sagte Aklak und schnalzte mit der Zunge. Er wollte vom Glatzkopffelsen aus Kreise drehen, erst kleine und dann immer größere. Das machte man, wenn man jemanden suchte, so hatte es ihm sein Papa beigebracht. Aber heute hätte er es trotzdem besser gelassen.

5. War wohl keine so klasse Idee

Während Aklak und Tuktuk Kreise um den Glatzkopffelsen drehten, brachen Iklik und die großen Jungs endlich auf. Bei Iklik hatte es so lange gedauert, weil sie die schönsten und ihre Mama die wärmsten Stiefel nehmen wollte. Und die großen Jungs waren vom Rechnen noch so müde, dass sie mit dem Schmirgelpapier immer nur schlapp über die Kufen drüberwischten und ihre Papas sie alles noch mal von vorn schmirgeln ließen. Iklik fuhr als Erste los, aber kurz vorm Großen Eisbärbuckel holten die Jungs sie ein. Als Drittklässler durften sie schon zwei Hunde vor ihre Schlitten spannen, darum.

„Fahr im Windschatten, sonst hängen wir dich ab!“, rief Ulvi.

„Das hättet ihr wohl gern!“, rief Iklik zurück.

Aber ein bisschen hatte Ulvi natürlich recht, und bei dem Gegenwind sowieso. Iklik reihte sich hinter den dreien ein, und ihr braver Husky Tiktik war nur froh darüber.

Sie fuhren rechts am Großen Eisbärbuckel vorbei und machten keinen Schlenker. So spät, wie sie dran waren, konnten sie sich den auch gar nicht leisten. Der Wind blies ihnen in die Kapuzen, und der Schnee pikste ihnen in die Wangen, dass sie sich ducken mussten.

Vielleicht merkten sie darum das Geflattere und Gehopse und Getröte gleich hinter dem Großen Eisbärbuckel so spät.

Das Geflattere war das Schneehuhn, das Gehopse der Schneehase und das Getröte die Robbe. Sie waren urplötzlich hinter dem Großen Eisbärbuckel hervorgesprungen, und Ulvi konnte gerade noch bremsen. Alvi und Olvi schafften es nicht mehr und mussten nach der Seite ausweichen. Alvi nach links und Olvi

nach rechts. Und beide purzelten dabei vom Schlitten. Alvi links und Olvi rechts. Nur Iklik hielt ganz gemütlich an. Sie war aber auch nicht so dicht aufgefahren.

„Fagt mal, habt ihr fie noch alle … pft!“, schimpfte Alvi, der den Mund voll Schnee hatte.

„Man stellt sich doch nicht einfach in den Weg!“, schimpfte Olvi, der den Mund noch rechtzeitig hatte zumachen können.

„Was rast ihr auch so!“, beschwerte sich das Schneehuhn.

„Wohl noch nie was von Abstandhalten gehört?“, fragte der Schneehase und trommelte vor Aufregung mit seinen langen Hinterläufen.

„Au, pass doch auf!“, schimpfte das Schneehuhn, dem er beim Trommeln auf die ewig kalten Füße getreten war.

„Flatter *du* doch nicht überallhin!“, schimpfte der Schneehase zurück.

„Mann, könnt ihr nicht *ein Mal* Ruhe geben!“, trötete die Robbe dazwischen.

„Wenn's doch wahr ist!“, moserte das Schneehuhn.

„Was ist wahr? – Nichts ist wahr!“, moserte der Schneehase.

„HIMMELHERRSCHAFTSZEITEN, IST ES JETZT VIELLEICHT GUT?!“

Mit einem Schlag war es mucksmäuschenstill und

alle schauten Iklik an. Sie wussten, wie es sich anhörte, wenn sie energisch wurde, aber bis gerade eben hatten sie es wieder mal vergessen.

„Seht ihr, geht doch", sagte Iklik. „Und jetzt erzählt! Was macht ihr hier?" Damit meinte sie natürlich nur das Schneehuhn, den Schneehasen und die Robbe. „Und wo ist Aklak?" Das war die noch viel wichtigere Frage, und die stellte sie eigentlich ihnen allen.

„Wir wollten ausnahmsweise schon hier auf ihn warten", sagte das Schneehuhn, ganz ohne zu flattern.

„Es sollte eine Überraschung werden", sagte der Schneehase und trommelte höchstens ein winzig kleines bisschen.

„War wohl keine so klasse Idee", sagte die Robbe leise.

„Heißt das, ihr habt ihn noch gar nicht gesehen?", fragte Iklik.

Die drei schüttelten jeder auf seine Art den Kopf, und beim Schneehasen konnte man es sogar hören, weil seine Ohren so sehr schlackerten.

„Seltsam", sagte Iklik.

„Vielleicht ist er zu Hause", sagte Ulvi.

„Vielleift muff er auch Kufen fmirgeln … pft!“, sagte Alvi immer noch mit Schnee im Mund.

„Ja, bestimmt“, sagte Olvi.

„Nein, ganz bestimmt *nicht*“, sagte Iklik. „Als ich bei ihm vorbeigefahren bin, waren nämlich Tuktuk und der Schlitten weg.“

Der Wind blies eisekalt, die Schneeflocken piksten in die Wangen, und außer dem Schneehuhn hatten

alle rote Nasen. Aber jetzt wurde ihnen auf einmal heiß.

Wo waren Aklak und Tuktuk bloß?

„Auf zum Glatzkopffelsen!", sagte Iklik. „Ihr drei steigt bei den Jungs mit auf!"

Sie meinte wieder das Schneehuhn, den Schneehasen und die Robbe, die jetzt brav vor den Jungs auf die Schlitten kletterten: das Schneehuhn vor Ulvi, der Schneehase vor Alvi und die Robbe vor Olvi.

So fuhren sie los, und Iklik übernahm die Spitze.

6. Spuren im Schnee

Wenn seine Freunde nur einen Tick früher zum Glatzkopffelsen gekommen wären, hätten sie Aklak getroffen. Zwei Kreise hatte er schon gefahren und am Anfang immer zum Großen Eisbärbuckel hingeschaut, ob dort endlich Iklik und die großen Jungs auftauchten.

Auch als er den dritten Kreis anfing, schaute er wieder hin, aber genau da blies ihm der Wind eine Schneewolke vor den Schlitten. Er konnte gerade noch bis zu Tuktuks Schnauze schauen, davor war alles eine einzige weiße Wolke.

Wäre die weiße Schneewolke vor seinem Schlitten nicht gewesen, hätte Aklak in der Ferne eine andere, viel größere gesehen, nämlich die von den vier Schlitten, die vom großen Eisbärbuckel herangebraust kamen. Dann hätte er natürlich gewartet, und alles wäre gut gewesen.

Aber so wartete Aklak nicht. Er fuhr weiter und machte nur schön langsam, damit er besser sah. Er schaute nämlich auch nach Spuren im Schnee. Wenn das Schneehuhn, der Schneehase und die Robbe nicht von selbst auftauchten, fand er sie vielleicht so. Ein paarmal hatte er auch schon gedacht, er hätte eine Spur entdeckt. Aber dann waren es immer nur kleine Schneeverwehungen gewesen.

Vielleicht blieben die drei auch einfach nur zu Hause, weil sie keine Lust auf den eisigen Wind hatten. Der ließ einfach nicht nach, und das Glück war noch, dass es wenigstens nicht gar so heftig schneite. Es war mehr das Wetter, wo der Schnee tagelang immer so weiterfiel und man die Iglus und Wege im Dorf jeden Morgen neu freischaufeln musste. Einmal war sogar die Schule ausgefallen, weil der Weg dorthin nicht rechtzeitig fertig geworden war. Die Kinder im Dorf hatten alle fleißig mitgeschaufelt, aber Papa und Mama hatten sich beim Abendessen zugezwinkert und überlegt, ob die großen Jungs vielleicht doch nicht so fleißig gewesen waren.

Als Aklak jetzt daran dachte, musste er lächeln. Und genau da hätte er beinahe etwas Kleines, Rundes im Schnee übersehen. Diesmal war es keine kleine Schneeverwehung – diesmal war es eine Spur. Es waren kleine, runde Abdrücke im Schnee, und als Aklak vom Schlitten stieg, um sie sich genauer anzuschauen, sah er, dass sie von Tatzen stammten. Von kleinen Eisbärtatzen.

Spuren von großen Eisbären hatte Aklak schon mal gesehen, bei einem Ausflug mit seinem Papa, weit weg vom Dorf. Und die hier sahen ganz genauso aus. Nur kleiner.

„Was meinst du, Tuktuk?“, fragte Aklak.

Tuktuk, der sich hingesetzt hatte, knurrte. „Grrr…!“ Das hieß: Eisbärspuren, stimmt genau. Und darum lass uns schnell von hier verschwinden!

Aklak wusste genau, was Tuktuk meinte. Wo ein kleiner Eisbär war, war auch die Eisbärmutter nicht weit, das bekam man als kleiner Eskimo schon eingetrichtert, wenn man noch nicht mal Ski laufen konnte. Und das konnte man früher als laufen! Eisbärmütter lassen ihre Kleinen niemals allein, also nichts wie weg, wenn du kleine Eisbärspuren findest! Hundert Mal hatten Mama und Papa ihm das gesagt. Und Großvater noch hundert Mal.

Und trotzdem überlegte Aklak. Er konnte doch nur mal schnell schauen. Die Eisbärmutter war ja nicht da. Oder noch nicht. Er konnte der Spur ja nur ein kleines Stück weit nachgehen. Und wenn er das Eisbärjunge sah, zischte er schnell ab. Bevor die Eisbärmutter kam.

Er schaute nach rechts, wo die Spur herkam, und sah nur Millionen Milliarden Schneeflocken. Er schaute zurück und sah genauso viele Schneeflocken vor einem großen dunklen Schatten: dem Großen

Eisbärbuckel. Dann schaute er nach links und sah wieder nur Millionen Milliarden Schneeflocken und sonst nichts.

„Komm!“, sagte er zu Tuktuk. „Nur ein kleines Stück …“

Tuktuk knurrte wieder, und diesmal laut. Bist du noch ganz gescheit?, sollte das heißen.

Aber es nutzte nichts. Aklak schaute noch mal nach rechts und noch mal nach links, dann stiefelte er los.

Tuktuk wollte nicht, wirklich nicht. Aber was hätte er machen sollen? Er konnte Aklak ja nicht allein gehen lassen. Zu Fuß war der doch viel zu langsam, wenn die Eisbärmutter kam!

„Kommst du?“, fragte Aklak.

Und Tuktuk trottete mit dem Schlitten hinter ihm her.

7. W-A-R-T-E-T!

Einmal sahen Iklik und die anderen Freunde in der Ferne eine kleine weiße Wolke, aber wie die aussah, war sie wohl nur von einem Windstoß aufgewirbelt worden. Erst eine ganze Weile später hielt Iklik plötzlich an.

„Da!“, sagte sie und zeigte in den frisch gefallenen Schnee.

„Das sind ihre Spuren“, sagte Ulvi.

„Oder jedenfalls war’s ein Schlitten mit nur einem Hund.“

„So einen haben im Dorf nur er und ich“, sagte Iklik.

Das stimmte. Die Zwillingsmädchen aus der Zweiten hätten auch welche haben können, aber die fuhren lieber bei ihren Eltern mit.

„Komisch, er ist von rechts nach links gefahren und nicht geradeaus“, sagte Ulvi. „Fahren wir ihm hinterher?“

„Nein, erst zum Glatzkopffelsen“, entschied Iklik, und sie fuhren weiter. Bis zur nächsten Spur.

„Wieder von rechts nach links“, sagte Ulvi.

„Er fährt Kreise, als würde er jemanden suchen“, sagte Iklik. Dann runzelte sie die Stirn und fragte leise: „Aber wen?“

„Uns wahrscheinlich!“, riefen die drei von den Schlittensitzen, als hätten sie es so geübt.

Iklik hatte noch einen anderen Gedanken, aber sie sagte nichts. Auch bei der nächsten Spur nicht, die so nah beim Glatzkopffelsen war, dass man ihn schon gut sehen konnte. Sie gab nur das Zeichen zur Weiterfahrt, und als sie beim Glatzkopffelsen ankamen, stieg sie vom Schlitten und untersuchte Aklaks und Tuktuks Lieblingsplatz. Oder eigentlich war es der Lieblingsplatz von ihnen allen. Aklak und

Tuktuk kamen nur schon am längsten hierher.

Iklik sah, wo der Schlitten gestanden und wo Tuktuk sein Schläfchen gehalten hatte. Und sie sah die Spur, als die beiden zu ihren Kreisen aufgebrochen waren. Nur die Spur, als sie gekommen waren, sah sie nicht, aber logisch: Die war schon zugeschneit.

„Wir sollten erst noch mal Ausschau halten", sagte Iklik.

Ulvi nickte. Er war der Größte von ihnen allen. Jetzt scheuchte er das Schneehuhn von seinem Schlitten und stellte sich darauf.

Dann sollte Olvi sich auf seine Schultern stellen. So machten sie es auch, wenn sie Piraten spielten und Olvi in den Ausguck durfte.

„Immer er!", beschwerte sich Alvi.

„Weil er größer ist, darum", ächzte Ulvi, dem Olvi beim Hinaufklettern mitten ins Gesicht fasste.

„Wer's glaubt", murmelte Alvi.

Aber da war Olvi sowieso schon oben auf Ulvis Schultern angekommen. Beim Aufrichten fasste er

Ulvi noch mal ins Gesicht, dann legte er die Hand über die Augen und schaute nach links und rechts und vorne und sogar ganz vorsichtig nach hinten.

„Weit und breit nichts!“, verkündete er.

„Von weiter oben auch nicht!“, rief der Schneehase vom Glatzkopffelsen, auf den er blitzschnell hinaufgeflitzt war.

„Moment!“, sagte das Schneehuhn und flatterte noch über den Gipfel des Glatzkopffelsens hinaus in die Luft. „Von noch weiter oben auch nicht!“, rief es herunter.

„Dann folgen wir jetzt seiner Spur“, sagte Iklik. „Einverstanden?“

Ulvi nickte in genau dem Moment, als Olvi sich beim Absteigen wieder an seinem Kopf festhalten wollte. Da verlor Ulvi natürlich das Gleichgewicht, und die beiden hatten noch Glück, dass sie zusammen im weichen Schnee und nicht zum Beispiel auf den Schlittenkufen landeten. Trotzdem musste Alvi so lachen, dass er sich rückwärts in den Schnee schmiss …

… und genau in dem Moment kam der Schneehase

oben auf dem Glatzkopffelsen ins Rutschen. Für ihn war es ein Glück, dass er genau auf Alvis weichem Bauch landete, aber Alvi schimpfte natürlich los …

… und genau in dem Moment kam die kleine Lawine, die der Schneehase losgetreten hatte, hinterhergerutscht. Sie reichte gerade, um die beiden zuzudecken, und von oben sah es wohl wie ein idealer kleiner Landehügel aus. Jedenfalls landete das Schneehuhn darauf …

… und genau in dem Moment begann der Schneehase, den Schnee über sich wegzustrampeln. Und das arme Schneehuhn gleich mit.

Zum Glück knallte das arme Schneehuhn nicht gegen den harten Glatzkopffelsen, sondern landete auf der weichen Robbe, die noch schnell abtauchen wollte und viel zu spät merkte, dass sie gar nicht in einem ihrer Eislöcher schwamm.

Danach ging alles ganz schnell, weil Iklik fand, den Schnee im Mund könnten die anderen auch unterwegs ausspucken. Sie hatten nicht mal Zeit zum Schimpfen, aber so wie Iklik sie anfunkelte, hätten sie es sich auch gar nicht getraut.

Im Nu waren alle wieder auf den Schlitten und warteten, dass Iklik das Zeichen zur Abfahrt gab. Sie würden beim äußeren Kreis anfangen mit ihrer Suche, das war ja klar, das musste Iklik ihnen nicht extra sagen. Jetzt hob sie den Arm.

Und genau in dem Moment hörten sie den Wal.

„W-A-R-T-E-T!“, brummte er. „I-C-H M-U-S-S E-U-C-H W-A-S E-R-Z-Ä-H-L-E-N!“

8. Tuktuk flunkert nicht

Für Aklak war es nicht schwer, der Spur zu folgen. Kleine Eisbären gaben sich ja keine Mühe, ihre Spuren zu verwischen. Und der hier ging auch immer nur geradeaus. Ein einziges Mal hatte er kurz angehalten, dort hatte Aklak eine kleine Kuhle im Schnee gefunden.

Ob der kleine Eisbär ab und zu zurückschaute, wusste Aklak natürlich nicht. Das konnte er an den Spuren nicht ablesen. Erfahrene Spurenleser wie sein Papa oder sein Großvater hätten es vielleicht gekonnt, aber er noch nicht. Für ihn sah es nur so aus, als wollte der kleine Eisbär dringend irgendwohin. Vielleicht zu seiner Mama. Dann war sie irgendwo vor ihnen, und Aklak musste aufpassen, dass er sie früh genug sah. Trotzdem schaute er auch immer wieder zurück. Genau wie Tuktuk. Für alle Fälle.

Wenn es nur nicht immerfort geschneit hätte! Fast kam es Aklak so vor, als schneite es inzwischen noch ein bisschen mehr.

„Was meinst du, Tuktuk, wird ein Schneesturm draus?", fragte Aklak.

Dann wäre er nämlich auf der Stelle umgekehrt. Wenn ein Schneesturm kam, musste man schnurstracks nach Hause düsen. Was anderes kam überhaupt nicht infrage.

„Na, wie sieht's aus?", fragte Aklak, als er sah, dass Tuktuk die Nase in die Luft streckte.

„Wuff!", sagte Tuktuk. Das hieß: Kein Schneesturm, nein!

Also gingen sie weiter. Natürlich hätte Tuktuk auch Ja sagen können, wo er doch eigentlich wollte, dass sie umkehrten. Aber der brave Husky konnte gar nicht flunkern. An so was dachte er nicht mal. Ihm wurde nur immer mulmiger, und Aklak merkte es nicht. Er dachte auch gar nicht mehr daran, dass die anderen vielleicht längst beim Glatzkopffelsen angekommen waren. Er sah immer nur die Eisbärspur.

Tuktuk schaute sich von da an immer öfter nicht nur nach der Eisbärmutter, sondern auch nach den Freunden um. Vielleicht fanden die ja ihre Spuren und kamen als Erste hinter ihnen her.

9. Wie der kleine Eisbär verloren ging

„Hat das nicht bis später Zeit?“, fragte Iklik.

Der Wal war keine Quasselstrippe, aber wenn er was erzählte, konnte das dauern. Er redete ja so langsam.

„E-S G-E-H-T U-M E-I-N-E-N K-L-E-I-N-E-N E-I-S-B-Ä-R“, brummte der Wal.

„Dann erzähl!“, sagte Iklik.

Die anderen wunderten sich, aber Iklik konnte ihnen erklären, warum sie die Geschichte hören wollte: weil sie sich inzwischen ziemlich sicher war, dass Aklak *nicht* das Schneehuhn, den Schneehasen und die Robbe suchte. Oder *nicht mehr.* Sonst hätte er doch längst wieder auftauchen müssen! Den ganzen Morgen hatte er nur an den Eisbär von gestern gedacht – vielleicht suchte er ja den. Und wenn Iklik unrecht hatte und Aklak gleich angezockelt kam, war es ja auch in Ordnung.

„I-C-H H-A-B-S Z-U-F-Ä-L-L-I-G G-E-S-E-H-E-N …“, begann der Wal. Dann erzählte er die Geschichte, wie der kleine Eisbär verloren ging, und die begann mit einer Eisscholle, die vom Ufer abbrach.

Auf der Eisscholle stand der kleine Eisbär, aber dass sie abbrach, merkte er erst gar nicht. Und seine Mama auch nicht, weil sie ihm gerade zeigen wollte, wie lange Eisbären

tauchen können. Als der kleine Eisbär es dann merkte, fand er es sogar schön, einfach so auf dem Wasser dahinzutreiben und Eisberge zu schauen. Riesig waren die, und je weiter die Eisscholle vom Ufer wegtrieb und er von seiner Mama, desto riesiger wurden sie.

Ganz winzig klein kam sich der kleine Eisbär da vor und auf einmal bekam er es doch mit der Angst zu tun. Aber was sollte er machen? Zurückschwimmen konnte er nicht. Das hätte er sich höchstens mit seiner Mama getraut. Dann fing es auch noch an zu schneien, und Wind kam auf, in dem die Eisscholle grässlich schaukelte. Und da entdeckte ihn der Wal.

Wale und Eisbären sind nicht so dicke Freunde, aber sie haben auch keinen Streit. Darum beschloss der Wal, dem armen Kleinen zu helfen. Er schob die Eisscholle zurück ans Ufer, und es machte sogar Spaß. Dem kleinen Eisbär jedenfalls. Er

stand ganz vorne auf der Eisscholle, als wäre er der kleine Kapitän auf einem stolzen Schiff.

Aber als sie dann ans Ufer kamen, war seine Mama nicht mehr da. Wahrscheinlich suchte sie ihn schon und dachte, er hätte sich irgendwo verlaufen. An Eisschollen, die sich vom Ufer lösten, hatte sie offenbar nicht gedacht, sonst wäre sie bestimmt aufs Meer hinausgeschwommen.

„I-C-H H-A-B D-E-M K-L-E-I-N-E-N G-E-S-A-G-T, E-R S-O-L-L W-A-R-T-E-N, A-B-E-R E-R H-A-T N-I-C-H-T A-U-F M-I-C-H G-E-H-Ö-R-T“, erzählte der Wal. „T-Y-P-I-S-C-H K-L-E-I-N-E-R E-I-S-B-Ä-R.“

„Und wo ist er hin?“, wollte Iklik wissen.

„W-E-I-T-E-R N-Ö-R-D-L-I-C-H V-O-M G-L-A-T-Z-K-O-P-F-F-E-L-S-E-N I-M-M-E-R W-E-I-T-E-R A-U-F-S L-A-N-D, D-A-N-N H-A-B I-C-H I-H-N N-I-C-H-T M-E-H-R G-E-S-E-H-E-N.“

Nördlich, das war von ihnen aus hinter dem Großen Glatzkopffelsen.

„Und Aklak?", fragte Iklik.

„H-A-B I-C-H N-U-R N-O-C-H V-O-M G-L-A-T-Z-K-O-P-F-F-E-L-S-E-N W-E-G-F-A-H-R-E-N S-E-H-E-N", brummte der Wal. „I-C-H M-U-S-S-T-E N-O-C-H M-A-L W-E-G. E-I-N-E-R V-O-N D-E-N P-U-P-S-I-S W-A-R Z-U W-E-I-T R-A-U-S-G-E-S-C-H-W-O-M-M-E-N."

„Pupsis?", fragte Iklik und runzelte die Stirn. Sie wusste, dass große Jungs das manchmal zu den kleineren Kindern sagten, aber dass große Waljungs das hässliche Wort auch benutzten, war ihr neu. Das war der Wal nämlich, ein großer Waljunge, sonst hätte er auch gar nicht mit ihnen gespielt.

„E-I-N-E-R V-O-N D-E-N K-L-E-I-N-E-R-E-N – E-N-T-S-C-H-U-L-D-I-G-U-N-G!“, sagte er, als er sah, wie Iklik zu dem Stirnrunzeln auch noch die Fäuste in die Seite stemmte.

„Und hast du ihn gefunden?“, fragte Iklik.

„J-A“, brummte der Wal.

Da erst sahen sie den kleinen Wal, der neben dem großen schwamm und jetzt wie zur Begrüßung eine winzige Fontäne blies. Das heißt, für einen Wal war sie winzig. Sonst war sie groß genug, dass es ein Glück war, dass das Wasser in der Luft gefror und nur ein kleiner Eisregen zusätzlich auf die Freunde an Land herunterprasselte.

„Noch eine letzte Frage“, sagte Iklik. „Glaubst du, die Eisbärmutter ist noch in der Nähe?“

„L-E-I-D-E-R J-A“, brummte der Wal, und während der kleine Frechdachs neben ihm noch eine Winzfontäne spritzte, brachen die Freunde auf.

10. Gänsehaut

Jetzt konnten die großen Jungs mal sehen, wie schnell Tiktik rennen konnte. Sie kamen mit ihren zwei Hunden vor den Schlitten kaum hinterher und waren froh, als Iklik endlich anhielt. Zweimal hatten sie schon Aklaks und Tuktuks Spuren überquert, jetzt hatten sie die vom äußeren Kreis erreicht.

„Seht ihr“, sagte Iklik. „Sie sind schon fast zugeschneit. Wir müssen uns beeilen.“

„Es schneit auch immer stärker, oder?“, fragte Ulvi.

Iklik wünschte sich so sehr, dass es nicht stimmte, dass sie nur ganz kurz nickte.

Dafür war der Schneehase von seinem Sitz aufgesprungen und rief: „Und ob es stärker schneit! Das wird ein Schneesturm, so was spür ich an den Ohren!“

„Setz dich wieder hin und sei still!“, sagte Alvi hinter ihm.

„Aber … aber … aber …“, wollte sich der Schneehase wehren.

„Noch ein Ton, und ich mach dir einen Knoten in die Löffel, dann spürst du's *nicht mehr*!“, fuhr ihm Alvi dazwischen.

Alvi hätte es nicht wirklich gemacht. Er wollte nur, dass der Plapperhase Ruhe gab. Es nützte ja niemandem, wenn sie es alle mit der Angst zu tun bekamen.

„Los, weiter!“, sagte Iklik. Und im Anfahren rief sie über die Schulter: „Vielleicht kommt der Schneesturm doch nicht! Der Wind ist schon nicht mehr ganz so eisig!“

Sie wusste genau, dass sich das nur so anfühlte, weil sie ihm nicht mehr direkt entgegenfuhren, aber sie dachte genauso wie Alvi und wollte die anderen beruhigen.

„Das fühlt sich nur so an, weil wir ihm nicht mehr direkt entgegenfahren!“, rief das Schneehuhn.

Es wäre zum Lachen gewesen, wenn sie nicht genau da ein Windstoß von der Seite fast aus der Spur geweht hätte.

Danach fuhren sie eine ganze Weile schweigend dahin, immer gerade so schnell, dass Iklik an der Spitze Aklaks und Tuktuks Spuren noch gut sehen konnte. Ein zweiter Windstoß ließ die Schlitten kurz schlingern, aber das machte ihnen schon nicht mehr so viel aus.

„Alles klar bei euch?“, rief Iklik nach hinten.

„Ich hab’s euch doch …!“, rief der Schneehase, aber weiter kam er nicht. Wahrscheinlich hatte ihn Alvi kurz an den Löffeln gezupft.

Dass Aklak einen Kreis gefahren war, merkte man daran, dass der Wind ganz allmählich wieder von vorn kam. Dann ging es jetzt also nach Norden. Und dann hielt Iklik plötzlich an. Sie sah, dass Aklak abgestiegen war. Da waren seine Fußspuren. Und da war die Kuhle, wo Tuktuk sich hingesetzt hatte. Aber da kamen auch Spuren von der Seite. Von rechts. Klein und rund waren die und so flach, dass sie fast schon verweht waren. Waren das etwa …

„Eisbärspuren“, sagte die Robbe.

Wenn die Robbe sich mit etwas auskannte, dann mit Eisbärspuren. Sie hatte sie schon vom Schlitten

aus gesehen. Und nicht nur gesehen: Sie hatte sie auch gerochen. Wenn die Robbe etwas schon von Weitem roch, dann Eisbärspuren. Die roch sie fast so gut wie die Eisbären selbst. Jetzt kam sie heran und betrachtete sie aus der Nähe.

„Er ist noch klein", sagte sie leise und schnupperte dabei in die Luft.

„Kannst du ihn riechen?", fragte Iklik.

„Nein", sagte die Robbe. „Aber eins kann ich euch trotzdem sagen …" Sie zögerte, als würde sie lieber nicht weitersprechen, aber Iklik nickte. „… wo ein kleiner Eisbär ist, da ist die Eisbärmutter nicht weit."

Eigentlich hatten sie es alle gewusst, aber es ausgesprochen zu hören, war doch noch mal was anderes. So eisekalt der Wind auch wehte, bisher hatte noch keiner von ihnen Gänsehaut gehabt. Aber jetzt hatten sie alle eine, sogar das Schneehuhn.

„Was meint ihr, folgen sie dem kleinen Eisbär oder folgt er ihnen?", fragte Olvi.

„Sieht aus, als hätten Aklak und Tuktuk angehalten, weil sie die Spur gefunden haben", sagte Ulvi. „Und Aklak ist dann zu Fuß weitergegangen."

Er ging ein paar Schritte neben der Spur her, dann

bückte er sich. Ulvis Papa war der beste Fährtensucher im Eskimodorf, das sagten alle, und Ulvi hatte schon viel von ihm gelernt.

„Da sieht man's", sagte er. „Aklak ist in eine Eisbärspur getreten. – Sie sind dem kleinen Eisbär gefolgt, sonst wär's umgekehrt."

„Ich will ja nichts sagen …", begann der Schneehase, aber ein Blick von Alvi reichte, und er sagte wirklich nichts.

„Wenn wir sie einholen wollen, müssen wir fahren", sagte Ulvi.

„Stimmt", sagte Iklik. „Aber fahr du voraus, du kannst das mit den Spuren besser. Wenn es so weiterschneit, werden sie ja noch schwächer."

„Der Wind, der sie verweht, ist fast schlimmer", sagte Ulvi.

Der Schneehase hätte wahrscheinlich auch was zu sagen gehabt, aber Alvi kraulte ihm wie zufällig gerade die Löffel.

11. Wuff!

Aklak brauchte eine Weile, bis ihm klar wurde, warum er die Spur noch so gut sah, wo doch der Schnee immer dichter fiel und auch der Wind immer stärker wurde: Es lag daran, dass sie dem kleinen Eisbär näher kamen.

„Wir müssen leise sein!“, flüsterte er Tuktuk zu.

Aber das war Tuktuk sowieso. Wenn hier jemand zu hören war, dann Aklak, unter dessen Stiefeln der Schnee knirschte. Außerdem schnaufte er, weil das Gehen natürlich anstrengender war, als hinten auf dem Schlitten zu stehen und sich ziehen zu lassen.

Jetzt hielt Aklak an. Er hatte schon lange nicht mehr nach dem Großen Eisbärbuckel geschaut und musste einen Moment überlegen, in welcher Richtung

der lag. Als er die Eisbärspuren gefunden hatte, war er nach Norden gefahren. Da hatte der Große Eisbärbuckel hinter ihm gelegen, im Süden. Die Eisbärspur war von rechts gekommen, von Osten, wo das Meer lag. Dann gingen sie jetzt also nach Westen. Und der Große Eisbärbuckel im Süden lag links.

Aklak legte die Hand über die Augen und schaute. Aber da war nichts. Nur Millionen Milliarden Schneeflocken. Er hätte also umkehren müssen. Und Tuktuk sagte es ihm auch.

„Wuff!", sagte der brave Husky leise. Das hieß: Wir müssen umkehren, solange wir noch unsere Spuren sehen. Die sind tiefer als die vom kleinen Eisbär, vor allem die von deinen Stiefeln, aber irgendwann sieht man sie auch nicht mehr!

Aber sie waren vielleicht ganz nah an dem kleinen Eisbär dran. Vielleicht waren es nur noch ein paar Schritte und sie sahen ihn! Da wäre es doch schade, wenn sie jetzt umkehrten.

„Nur noch ein paar Schritte, ja?“, flüsterte Aklak.

„Wuff!“, sagte Tuktuk, und diesmal sagte er es laut. Nein, hieß das, und damit Aklak es auch wirklich verstand, schüttelte er den Kopf, dass er in einer kleinen Schneewolke verschwand.

Als die kleine Schneewolke sich aufgelöst hatte, dachte Tuktuk erst, Aklak wäre verschwunden. Dann sah er an seinen Spuren, dass er weitergegangen war. Tuktuk brauchte nur ein paar Schritte zu machen, dann hatte er ihn eingeholt.

„Kommst du?“, flüsterte Aklak über die Schulter. „Und sei nicht so laut!“

12. Der spinnt!

Ulvi war wirklich ein guter Fährtenleser, aber sie kamen trotzdem schrecklich langsam voran. Immer wieder mussten sie warten, weil ein Windstoß den Schnee aufwirbelte und man für ein paar Sekunden nichts mehr sah – wenn man nicht sowieso die Augen zumachen musste, weil die kalten Eiskristalle, die der Wind aufwirbelte, eklig waren.

„Merkt ihr was?“, fragte Ulvi, als sie wieder mal in einer Schneewolke stehen geblieben waren.

„Ich hab’s euch doch …“, begann der Schneehase und brach zur Überraschung aller mitten im Satz von alleine ab. „Vielleicht soll man’s ja nicht beschreien“, hörten sie ihn noch murmeln, dann war er still.

Dafür wusste das Schneehuhn was.

„Die Spur macht auch wieder einen Bogen“, sagte es. „Die gehen leicht nach rechts.“

„Stimmt“, sagte Ulvi.

„Und woran merkt ihr das?“, fragte Iklik, die es überhaupt nicht gemerkt hatte.

„Aklak sinkt mit dem rechten Stiefel immer ein bisschen tiefer ein als mit dem linken“, erklärte Ulvi. „Es kommt daher, dass er damit fester auftritt. Fast alle Menschen treten mit einem Fuß fester auf als mit dem anderen.“

„Darum gehen sie, wenn man ihnen die Augen zubindet, auch nicht geradeaus“, wusste Alvi, dem es Ulvi schon mal erklärt hatte.

„Man muss sie nur lang genug gehen lassen, dann wird es irgendwann ein Kreis", wusste Olvi, dem es Ulvi auch erklärt hatte.

„Und bei Eisbären ist das genauso?", fragte Iklik. „Weil Aklak dem ja bloß hinterhergeht, meine ich."

„Man sieht's nur nicht so deutlich an den Spuren", sagte Ulvi. „Auch bei Huskys ist es so."

„Bei uns Schneehühnern nicht, darum merken wir's ja, wenn jemand einen Bogen macht!", meldete sich da wieder das Schneehuhn zu Wort. „Wir selber können tagelang geradeaus gehen. Und fliegen auch!"

„Genau wie wir", traute sich auch der Schneehase wieder was zu sagen.

„Und wir", sagte die Robbe.

„Seit wann könnt *ihr* denn fliegen?", fragte das Schneehuhn schnippisch.

„Das haben wir doch gar nicht gesagt!“, wehrte sich der Schneehase.

„Aber echt nicht!“, wehrte sich die Robbe.

„Jetzt streitet’s doch nicht ab!“, empörte sich das Schneehuhn. „Ich hab’s doch genau gehört!“

„Aber *gemeint* haben wir’s nicht so!“, sagte der Schneehase.

„Echt nicht!“, gab ihm die Robbe recht.

„Geradeaus *laufen,* haben wir gemeint“, sagte der Schneehase.

„*Du* vielleicht! Ich nicht!“, widersprach ihm die Robbe. „Von laufen war bei mir nie die Rede!“

Wahrscheinlich wäre es noch länger so weitergegangen, wenn Ulvi nicht einfach losgefahren wäre. Die Schneewolke war zu Boden gesunken und er konnte die Spur wieder sehen. Für eine Weile fuhr er sogar recht zügig. Aber dann hielt er plötzlich, ohne dass ein Windstoß gekommen wäre, wieder an.

„Ist was?“, fragte Iklik.

„Ich muss es mir genauer anschauen“, sagte Ulvi

und stieg vom Schlitten. Dann beugte er sich über die Spuren, dass er fast mit der Nasenspitze den Schnee berührte, und an der Bärenspur tastete er sogar herum.

„Ich hab's gewusst", sagte er, als er sich aufrichtete.

„Was?", fragte Iklik.

„Aklak und Tuktuk haben aufgeholt", erklärte Ulvi. „In den Eisbärspuren ist immer ein bisschen mehr Schnee, weil sie älter sind. Aber der Unterschied wird immer kleiner."

Wäre jetzt jemandem eine eisige Wimper ausgefallen, hätte man sie im Schnee aufschlagen hören, so mucksmäuschenstill waren alle. Sie hatten gehofft, sie könnten Aklak einholen, bevor er richtigen Unfug machte, und jetzt schafften sie es vielleicht doch nicht. Das einzig Gute war noch, dass die Eisbärmutter offenbar an der falschen Stelle suchte. Jedenfalls hatte die Robbe noch nichts gerochen, und die kriegte schon einen steifen Hals,

so streckte sie die ganze Zeit die Nase in die Luft. Trotzdem: Man wusste gar nicht, was man zu Aklaks Leichtsinn sagen sollte. Oder doch:

„Der spinnt!“, sagte Iklik, und alle anderen nickten.

Dann gab Ulvi das Zeichen zur Weiterfahrt.

13. Die Geschichte vom kleinen Puma

„Warte!“, flüsterte Aklak so plötzlich, dass Tuktuk ihn mit der Nasenspitze in die Kniekehle stupste. Dann ging er in die Hocke und untersuchte die Spur so genau, als wollte er sehen, ob der kleine Eisbär vielleicht Schmutz unter den Krallen hatte. Aber das war es natürlich nicht, was er herausfinden wollte. Ihm kam es nur schon eine ganze Weile so vor, als läge in den Eisbärspuren nicht mehr so viel Schnee. Und weil es schon genauso lange immer gleich heftig schneite, konnte das nur bedeuten, dass sie dem kleinen Eisbär dicht auf den Fersen waren.

Tuktuk wusste das längst. Er hatte sogar schon einen ganz leichten Eisbärgeruch in der Nase. Und jetzt knurrte er so leise, wie er überhaupt knurren konnte, um Aklak zu warnen. „Rrrrrrr…“, machte er. Das hieß: Jetzt lass uns endlich umkehren, bevor es zu spät ist! Ich weiß nicht, ob der Eisbärgeruch von einem oder zwei Eisbären kommt, dazu ist er noch zu schwach. Aber wenn der Kleine dort vorne gerade seine Mama trifft und sie uns gleich sieht, gibt's Ärger.

Aklak verstand jedes Wort und kam wirklich ins Grübeln. Der kleine Indianer in seinem Indianerbuch hatte auch mal so was gemacht wie er gerade, und es wäre um ein Haar schiefgegangen.

Das Indianerbuch war sein Lieblingsbuch, und der kleine Indianer darin hieß Kleiner Wolf. Der hatte eines Tages auch Spuren gefunden, im weichen Sand nicht weit vom Kaktuswald. Nur waren sie von einem kleinen Puma. Kleine Pumas gingen manchmal auch verloren, und Kleiner Wolf wollte nur mal sehen, ob er nicht wenigstens einen kurzen Blick auf ihn erhaschen konnte. Pumas waren nämlich scheu und gingen den Menschen aus dem Weg, genau wie Eisbären.

Dass man sich von kleinen Pumas lieber fernhalten sollte, weil die Pumamama meistens nicht weit war, wusste Kleiner Wolf ganz genau. Das hatten ihm seine Eltern schon eingetrichtert, als er noch nicht mal reiten konnte. Und das konnten kleine Indianer früher als laufen! Aber es war wie verhext. Als könnte er gar nicht anders, als der Spur zu folgen. Nicht mal sein treuer Hund konnte ihn aufhalten. Kleiner Wolf hörte einfach nicht auf ihn. Tiptip hieß er, und Aklak musste immer lachen, weil er manchmal von den beiden träumte und Tiptip im Traum immer Tuktuk hieß. Das ging ja gar nicht für einen Indianerhund!

Jedenfalls, Tiptip knurrte böse, aber es nützte nichts. Kleiner Wolf folgte der Spur und kehrte auch nicht um, als sie in den Kaktuswald hineinführte. In den Kaktuswald durfte man nur so weit hineingehen, dass man beim Zurückschauen noch den Großen Zackenfelsen sehen konnte, sonst konnte es gefährlich werden. Spuren wurden dort schnell vom Wind verweht und die Kakteen sahen alle gleich aus.

Der Zackenfelsen war der größte Felsen beim Indianerdorf und Kleiner Wolf sah ihn schon nach ein paar Schritten nicht mehr. Er folgte immer nur den kleinen Pumaspuren.

Und plötzlich standen sie da: die Pumamama und das Pumajunge. Auf einem Felsen auf einer kleinen

Lichtung mitten im Kaktuswald. Kleiner Wolf hatte sich vorsichtig seitlich zwischen zwei Kakteen durchschlängeln müssen, damit er sich nicht pikste, und als er wieder geradeaus schaute, sah er sie. Er stand wie vom Donner gerührt, und Tiptip knurrte, obwohl er wusste, dass er die Pumamama damit ganz bestimmt nicht erschreckte. Den kleinen Puma vielleicht, aber seine Mama nicht.

Lange standen sie so: Kleiner Wolf und Tiptip unten bei den Kakteen und die Pumamama mit ihrem Kleinen oben auf dem Felsen. Dann blinzelte die Pumamama und gab dem Kleinen einen Schubs, nicht fest, nur so, dass er nach hinten vom Felsen purzelte. Kleiner Wolf und Tiptip standen immer noch wie angewurzelt und hörten den Kleinen fauchen, weil er mit dem Schubser anscheinend nicht einverstanden war.

Die Pumamama schaute noch, ob der Kleine heil unten angekommen war, dann drehte sie sich zu Kleiner Wolf und Tiptip um. Die beiden machten keinen Mucks, und die Pumamama schaute sie an, bis sie sich nicht mehr zurückzuschauen trauten. Dann erst fauchte sie so fürchterlich, dass Kleiner Wolf und

Tiptip vor Schreck rückwärtsstolperten und doch noch ein paar Kaktuspikser abbekamen.

Das war alles, was ihnen passierte. Die Pumamama hatte sie nur warnen wollen, dass sie so einen Unfug bloß nicht wieder machten. Nach dem fürchterlichen Fauchen sprang sie hinunter zu ihrem Kleinen, und als Kleiner Wolf und Tiptip sich gegenseitig die Kakteenstacheln rausgezogen hatten, brauchten sie nur den Spuren rückwärts zu folgen und fanden wieder aus dem Kaktuswald heraus. Zum Glück war auch kein Wind aufgekommen und hatte die Spuren verweht.

So ging die Geschichte, die Aklak eingefallen war, und natürlich war sie ihm viel schneller durch den Kopf gegangen, als man sie lesen kann. Aber ein bisschen hatte es doch gedauert, und Tuktuk dachte schon, das wäre ein gutes Zeichen.

„Rrrr…“, machte er leise. Das hieß: Na endlich, ich dachte schon, du kommst gar nicht mehr zur Vernunft!

Aklak selbst zog einen Handschuh aus und tastete den Schnee in einer der kleinen Bärenspuren mit den Fingerspitzen ab. Dann richtete er sich auf und schaute erst nach vorne, wo die Eisbärspur hinführte, und dann nach hinten auf die Eisbär-Menschen-Husky-Schlitten-Spur. Er schaute noch ein zweites Mal nach vorne und noch ein zweites Mal nach hinten, und bevor er den Handschuh wieder anzog, kraulte er Tuktuk die Ohren.

„Noch hundert Schritte", sagte er, „dann kehren wir um."

14. Der Plan der Freunde

Ulvi fuhr, so schnell es ging, weil sie die Spur nicht verlieren wollten. Manchen war es aber trotzdem zu langsam.

„Ich könnte vorauslaufen. Im Fährtensuchen bin ich gar nicht schlecht!“, rief der Schneehase von Alvis Schlitten.

Alvi fuhr als Dritter, hinter Iklik und vor Olvi.

„Seit wann?“, rief das Schneehuhn von Ulvis Schlitten zurück. „Als wir letztes Mal Spuren geraten haben, konntest du deine nicht von meinen unterscheiden.“

„Die eigenen sind bei uns Hasen auch am schwersten“, behauptete der Schneehase. „Das kommt davon, dass wir so schnell sind. Bis wir Spuren gemacht haben, sind wir immer schon weg.“

„Faule Ausreden“, sagte das Schneehuhn. „Ein Blindfisch bist du, das ist das Problem. Aber ich könnte vorausfliegen. Im Tiefflug seh ich die Spuren besser als die meisten anderen im Gehen.“

„Du?“, lachte der Schneehase. „Beim letzten Tiefflug bist du pfeilgerade gegen den Glatzkopffelsen gedonnert.“

„Nur weil du ›Aufpassen!‹ gerufen hast!“, behauptete das Schneehuhn.

„Das hab ich gerufen, damit du aufpasst und nicht, damit du dich nach mir umdrehst!“, wehrte sich der Schneehase.

„Stimmt!“, rief die Robbe vom hintersten Schlitten.

„Misch du dich nicht ein!“, rief das Schneehuhn zurück. „Du bist beim Fährtensuchen sowieso nicht zu gebrauchen.“

„Unter Wasser schon“, sagte die Robbe.

Genau da wollte Iklik den drei Streithanseln drohen, dass sie beim nächsten Ton hinter dem Schlitten herlaufen, herfliegen oder sonst was konnten. Aber als sie gerade den Mund aufmachen wollte, hielt Ulvi wieder an und sprang, ohne ein Wort zu sagen, vom Schlitten.

Iklik brauchte nicht mal zu fragen, warum, denn sie sah es selbst. So wie alle anderen auch.

Da war noch eine Eisbärspur. Sie kam von links und mündete in die Eisbär-Menschen-Husky-Schlitten-Spur, der sie folgten. Was aber noch viel schlimmer war: Die neue Eisbärspur war riesengroß.

„Die Eisbärmutter“, sagte Ulvi. „Sie hat die Spur gefunden und ist ihr gefolgt. Da, seht ihr!“

Sie *hatten* es alle schon gesehen. Dafür musste man wirklich kein großer Fährtenleser sein. Die Eisbärmutter war über die anderen Spuren einfach drübergetrampelt.

„Ist sie gerannt?“, fragte Iklik.

„Nein“, sagte Ulvi. „Dann hätte es hinten mehr Schnee aus den Spuren geschleudert.“

„Sie ist vorsichtig“, sagte Alvi.

„Schließlich weiß sie nicht, wer da außer ihrem Jungen noch unterwegs ist“, sagte Olvi.

„Zum Glück“, sagte Iklik.

Das Schneehuhn, der Schneehase und die Robbe sagten nichts. Große Eisbärspuren waren das Schlimmste, was sie sich überhaupt vorstellen konnten. Und die arme Robbe musste sie auch noch riechen! Gerade wollte sie sich ihren Schal über die Nase ziehen, aber Ulvi bat sie, noch kurz zu warten.

„Riechst du auch schon die Eisbären oder nur ihre Spur?", fragte er.

„Ich rieche … *sie*", sagte die Robbe. „Typischer fieser Eisbärduft. – Darf ich den Schal wieder hochziehen?"

Logisch durfte die Robbe das. Es konnten sich ja alle vorstellen, wie schrecklich fieser Eisbärduft für eine feine Robbennase sein musste.

So. Und jetzt war guter Rat teuer. Da vorne lief ihr Freund hinter einem Eisbärjungen her und wusste nicht, dass hinter ihm selbst die Eisbärmutter herlief. *Wenn* er es wüsste, könnte er nach links oder rechts davondüsen, dann würde die Eisbärmutter bestimmt dem Kleinen hinterhergehen und nicht ihm. Er wusste es ja aber *nicht*. Und um es ihm zu sagen, hätten sie die Eisbärmutter überholen müssen. Eine Eisbärmutter überholen! Das klappte niemals. Das *konnte* gar nicht klappen.

Oder doch?

Iklik und die Jungs schauten einander nur an, weil sie nicht weiterwussten. Aber die anderen drei wurden plötzlich wieder munter.

„Ich könnte einen großen Bogen laufen, dann merkt sie gar nicht, dass ich sie überhole", sagte der Schneehase.

Man hörte an seiner Stimme, wie mulmig ihm war, aber er schaute tapfer in die Runde und trommelte nur so heftig mit den Hinterläufen, dass Alvis Schlitten klapperte.

„Und ich könnte hoch genug fliegen, dann merkt sie's auch nicht", sagte das Schneehuhn mit zittriger Stimme. Aber auch das Schneehuhn schaute tapfer von einem zum andern und sah sogar ein bisschen trotzig aus. Als wollte es sagen: Vor einer Eisbärtante fürchtet sich ein Huhn wie ich noch lange nicht!

„Ump imp ömpe pmöpen", sagte die Robbe, musste aber erst den Schal wegnehmen, damit man sie verstand. „Und ich könnte tröten", wiederholte sie.

„Tröten?", fragte Iklik.

„Meinst du, davon kriegt es die Eisbärmutter mit der Angst?", fragte Ulvi.

„Natürlich nicht", sagte die Robbe. „Aber ich kann tröten, dass mich nur der Wal versteht. Wir haben eine Geheimsprache. Oder eigentlich zwei: eine für unter und eine für über Wasser. Die für über Wasser haben uns die Menschen nachgemacht. ‚Morsen' sagen sie dazu."

„Davon hab ich schon mal gehört", sagte Alvi.

„Und die Geheimsprache hört man so weit?", fragte Olvi.

„Wir Robben nicht“, sagte die Robbe. „Aber die Wale. Die haben das beste Gehör der Welt.“

„Was genau willst du ihm denn tröten?“, wollte Iklik wissen, und das fragten sich die anderen auch. Wie sollte der Wal ihnen überhaupt helfen, wenn er nicht mal aus dem Wasser konnte?

„Dass er die Augen offen halten soll“, sagte die Robbe. „Wenn es stimmt, dass sie da vorne nicht geradeaus gehen, sondern leicht nach rechts, dann kommen sie ja irgendwann ans Meer. Und wenn es …“, die Robbe musste kurz schlucken, „… wenn es nicht zu spät ist, kann der Wal mit der Eisbärmutter reden. Schließlich hat er ihr Junges gerettet.“

Die Robbe hatte lange gesprochen, aber die ganze Zeit hatten alle nur genickt.

„Was meint ihr?“, fragte Iklik die Jungs.

„Wir haben gar keine andere Wahl“, sagte Ulvi.

Das fanden Alvi und Olvi auch.

„Dann ist es abgemacht“, sagte Iklik. „Du trötest, und ihr beiden …“, sie meinte den Schneehasen und das Schneehuhn, „… ihr sagt Aklak, dass er zur Seite verduften soll. Nach welcher, ist egal, nur weit genug, dass ihn die Eisbärmutter nicht sieht und lieber geradeaus hinter ihrem Jungen hergeht. Dort soll er dann warten, bis wir kommen.“

„Und wir?“, fragte der Schneehase.

„Ihr verduftet mit ihm und wartet auch“, sagte Iklik.

„Und wie findet ihr uns?“, fragte das Schneehuhn.

Dreimal dürft ihr raten, hätte Iklik beinahe gesagt. Aber redete man so mit tapferen Freunden? Nein! Also sagte sie: „Wir probieren’s einfach mit den Spuren.“

15. Der Schneehase will überholen ...

Ein kurzes Stück flitzte der Schneehase noch an der Spur entlang, dann begann er den Bogen, den er laufen wollte. Er hatte sich gut gemerkt, was die Jungs übers Geradeausgehen bei den Menschen gesagt hatten, und wollte die linken Läufe immer ein bisschen weniger strecken als die rechten. So müsste es eigentlich genau den richtigen Bogen geben, dachte er. Und genau so machte er es auch. Schnell war er trotzdem. Was das anging, machte ihm sowieso keiner was vor. Wenn man nur mehr gesehen hätte als immer nur dieselben verflixten Schneeflocken!

Der Schneehase wusste natürlich, dass es nicht immer dieselben Schneeflocken waren, aber so kam es einem beim schnellen Rennen vor. Außerdem piksten sie in den Augen. Und alles nur, weil Aklak unbedingt einen Eisbär aus der Nähe sehen musste! Statt froh zu sein, wenn er *keinen* sah. Kleine Eskimojungs hatten manchmal echt nicht alle Möhren im Schrank. So sagte sein Onkel aus dem Süden immer. Im Sommer kam der manchmal zu Besuch und brachte sogar Möhren mit. So weit im Norden gab's die ja nicht. Aber eine hatte der Schneehase zu Hause noch. Die hatte er sich vom letzten Besuch des Onkels aufgehoben. Tiefgekühlt. Und wenn das verflixte Eisbärabenteuer überstanden war, würde er sich die genehmigen.

So dachte der Schneehase mitten im Rennen. Dabei hätte er lieber aufpassen sollen!

16. ... das Schneehuhn auch ...

Das Schneehuhn flog genauso lange im Tiefflug über der Spur, wie der Schneehase an ihr entlangflitzte. Dann stieg es gerade so hoch in die Luft, dass es die Spur noch erkennen konnte. Jetzt war es ein Glück, dass die Eisbärmutter so große Tatzen hatte. Abgesehen davon wären dem Schneehuhn kleinere lieber gewesen. Obwohl: Ob Eisbärmütter nun größer oder kleiner waren, machte für ein Huhn eigentlich keinen so riesengroßen Unterschied.

Wenn nur der verflixte Wind nicht gewesen wäre! Da fror einem ja bald der Schnabel zu. Von den eiskalten Füßen ganz zu schweigen. Ach was, Füße – Eiszapfen waren das! Und alles nur, weil Aklak unbedingt einen Eisbär aus der Nähe sehen musste! Statt froh zu sein, wenn er *keinen* sah. Kleine Eskimojungs hatten manchmal echt nicht alle Kerzen auf dem Leuchter. Oder sagte man „Kerzen auf der Torte“? Da war sich das Schneehuhn auf einmal nicht mehr sicher. Leuchter oder Torte?

So überlegte das Schneehuhn mitten im Fliegen. Dabei hätte es lieber aufpassen sollen, dass es die Spur nicht verlor. Denn genau das passierte ihm jetzt. Gerade war sie noch da gewesen und auf einmal war sie weg!

Da half jetzt nur tiefer fliegen. Und noch tiefer. Am Ende flog das Schneehuhn fast so tief, wie der Schneehase rannte. Und da sah es endlich wieder eine Spur. Aber es war nur eine Hasenspur. Das gab’s doch nicht!

Der Schneehase lief doch einen großen Bogen! Und das

Schneehuhn selbst war in der kurzen Zeit niemals so weit vom Weg abgekommen. So was passierte einem Schneehuhn nicht. Den Menschen vielleicht, die nicht geradeaus gehen konnten. Oder Hasen und Robben. Aber bei einem Schneehuhn war das ausgeschlossen. Vielleicht war es doch keine Hasenspur.

Das Schneehuhn flog jetzt noch ein bisschen tiefer und schaute ganz genau hin, damit es hundertprozentig sicher sein konnte. Dabei hätte es lieber nach vorn schauen sollen!

17. ... und die Robbe trötet

Sie hatten die Robbe schon ganz normal tröten gehört, darum wollten sich Iklik und die Jungs vorsichtshalber die Ohren zuhalten. Aber dann brauchten sie es gar nicht.

Im Gegenteil: Sie mussten die Ohren spitzen, damit sie das Getröte überhaupt hörten.

Der Wal musste wirklich ein unglaublich feines Gehör haben. Dabei sah man doch nicht mal seine Ohren.

Und so fing die Robbe an:

„Tröt tröt tröt tröt tröt tröööt tröt tröööt tröt tröt tröt trööö tröt tröt tröööt tröööt tröööt tröt trööööt tröööt tröt tröööt tröt tröööt tröt tröt …“

„Hallo, Wal …“, hieß das. Und weiter ging es:

„… schau, ob du Aklak siehst, und sag ihm, die Eisbärmutter ist hinter ihm her! Wenn sie ihn schon eingeholt hat, sag ihr, sie soll ihn in Frieden lassen! Schließlich hast du was bei ihr gut.“ *

---

* Die Robbe trötet für jeden Buchstaben unterschiedlich oft kurz oder lang. Viermal kurz getrötet, ist ein H, einmal kurz und einmal lang getrötet, ist ein A – die anderen getröteten Buchstaben kann, wer will, schnell selbst rausfinden. Und wer im Lexikon oder im Internet das Morsealphabet nachschaut, wird sehen, dass es die Menschen wirklich der Robbe und dem Wal abgelauscht haben könnten.

18. Nach hundert Schritten

„… achtundneunzig, neunundneunzig, hundert“, zählte Aklak. Dann blieb er stehen. Vorne, hinten, links und rechts – überall wirbelten Millionen Milliarden Schneeflocken. Und von einem kleinen Eisbär keine Spur. Oder doch: Die Spur gab es natürlich. Aber von dem kleinen Eisbär selbst war nichts zu sehen.

„Rrrr…“, machte Tuktuk leise. Das hieß: Du hast es versprochen!

„Schon gut“, sagte Aklak. „Es ist nur so schrecklich schade.“

„Rrr…“, machte Tuktuk so leise, dass es höchstens der Wal hätte hören können, aber nicht Aklak mit seinen Menschenohren unter der Kapuze. „Rrr…“ hieß: Finde ich kein bisschen!

„Was hast du gesagt?“, fragte Aklak.

„Wuff!“, sagte Tuktuk. Das hieß: Nichts. – Nun mach schon, worauf warten wir noch?

Das verstand Aklak. Er schaute nur noch einmal traurig der Spur des Eisbärjungen hinterher, dann stieg er auf den Schlitten. Der Wind kam von vorne und ein kleines bisschen von links, also waren sie nach Norden und ein kleines bisschen nach Osten gegangen.

Aklak drehte sich um, ob er den Großen Eisbärbuckel sehen konnte, aber das machte er nur, weil es ihm sein Papa so beigebracht hatte. Er wusste vorher schon, dass er den Hügel nicht würde sehen können. Dazu waren sie schon viel zu lange unterwegs und es schneite ja immer noch. Also war es das Beste, wenn er von jetzt an ganz nach Osten ging. Da kam irgendwann das Meer, vielleicht sogar schon bald, und wenn

er von da nach Süden ging, kam er irgendwann zum Glatzkopffelsen.

Ob seine Freunde da wohl auf ihn warteten? Wenn ja, waren sie hoffentlich nicht sauer.

So überlegte Aklak, als er schon auf dem Schlitten stand, dann schnalzte er leise mit der Zunge, und sie fuhren los.

Tuktuk lief schnell, aber nicht so schnell er konnte. Das Meer würde er zwar rechtzeitig riechen und bestimmt nicht ins Wasser fahren, aber wenn es schneite, musste man vorsichtig sein. Was sonst so laut war, dass er es mit seinen feinen Ohren schon von Weitem hörte, konnte im Schnee unglaublich leise sein. Einmal, bei genau so einem Schneegestöber wie heute, war er ums Haar mit dem Schneehasen zusammengerasselt. Ohne Sinn und Verstand war der Schlumpf durch die Gegend gehoppelt und hatte

dann noch behauptet, er wäre von rechts gekommen und hätte Vorfahrt gehabt. Dabei sah man an seiner Spur, dass er so viele Haken geschlagen hatte, dass er eigentlich von allen Seiten gleichzeitig kam.

Aber so war der Schneehase, da konnte man nichts machen. Und das Schneehuhn war ja auch nicht viel besser. Bei dem musste man immer aufpassen, wenn es im Tiefflug durch die Gegend flatterte. Einmal hatte es Aklaks Kapuze gestreift, so knapp war es mit angelegten Flügeln über sie hinweggesaust. Dabei hatte

Aklak sich geduckt! Und hinterher hatte der Zausel noch behauptet, Aklaks Schlitten sei zu hoch und sein Kopf hätte im Luftraum nichts verloren.

Als Tuktuk jetzt an die beiden dachte, musste er mitten im Laufen lächeln. Er mochte sie nämlich trotz allem sehr. Mit ihnen wurde es nie langweilig. Und richtig gute Freunde, auf die man sich verlassen konnte, waren sie noch dazu. Genau wie die Robbe, obwohl er schon wer weiß wie oft in eins ihrer Eislöcher getreten war.

Nein, auf die drei ließ er nichts kommen. Ohne sie hätten er und Aklak auch niemals das große Rennen um den Eisbärbuckel gewonnen. Als Tuktuk daran dachte, lächelte er wieder. Dabei hätte er lieber aufpassen sollen!

19. Mit Karacho!

Es hatte ein Weilchen gedauert, bis die Robbe alles durchgetrötet hatte, aber sie brauchten sich ja nicht mehr zu beeilen. Im Gegenteil: Wenn sie der Eisbärmutter zu nahe kamen, lief sie vielleicht schneller und holte Aklak und Tuktuk ein, bevor der Schneehase und das Schneehuhn die beiden warnen konnten.

„Wir fahren langsam“, sagte Ulvi, als die Robbe wieder auf Olvis Schlitten geklettert war. „Dann übersehen wir's auch nicht, wenn sie abbiegen.“

Ulvi fuhr wieder voraus, dahinter kam wieder Iklik mit Tiktik, und wieder dahinter kamen Alvi und Olvi. So folgten sie der Eisbär-Menschen-Husky-Schlitten-Spur, zu der jetzt noch eine zweite Eisbärspur dazugekommen war. Sie fuhren immer ein kleines Stück daneben, und je länger sie hinschauten, desto größer kam ihnen die neue Eisbärspur vor. Sie hatten alle schon mal Eisbärspuren gesehen, wenn sie mit ihren Papas oder Mamas oder beiden ein Stück weiter vom Eskimodorf entfernt unterwegs gewesen waren – aber so große noch nie.

Wenn nur der Schneehase und das Schneehuhn rechtzeitig bei Aklak und Tuktuk ankamen! Oder wenigstens einer von ihnen. Dann durfte sich der andere ruhig verlaufen. Oder verfliegen. Nur beide nicht. Das durfte auf gar keinen Fall passieren.

„Riechst du was?", fragte Ulvi nach hinten.

„Momemp!", sagte die Robbe, die zum Reden erst den Schal vor der Nase wegnehmen musste. „Alles noch genau wie vorher."

„Du riechst nicht schon ein bisschen mehr?", fragte Iklik.

„Der Eisbärmutterduft ist noch genau derselbe, und von dem Jungen riecht man gar nichts", sagte die Robbe.

„So genau riechst du das?", wunderte sich Alvi.

„Durch den Schal?", wunderte sich Olvi.

„Klar", sagte die Robbe.

„Meinst du, du kannst den Schal trotzdem unten lassen?“, fragte Iklik vorsichtig.

„Möpig märpf – nötig wär’s nicht“, sagte die Robbe. „Aber wenn ihr euch dann sicherer fühlt …“

„Tun wir!“, rief Ulvi von vorn, und Alvi und Olvi nickten.

Von da an fuhren sie schweigend dahin, nur ab und zu war von der Robbe ein leises „Igitt!“ zu hören. Aber es war immer dasselbe „Igitt!“, also kamen sie der Eisbärmutter und dem Jungen offenbar nicht näher.

Und plötzlich sahen sie, worauf sie alle gewartet hatten: Die Spuren trennten sich. Die kleinen Eisbärspuren gingen weiter wie bisher, die großen Eisbärspuren auch, und nach rechts, nach Osten, bog eine Menschen-Husky-Schlitten-Spur ab.

Am liebsten hätten die fünf laut losgejubelt, aber sie mussten ja vorsichtig sein. Darum jubelten sie nur im Stillen, und die Robbe streckte prüfend die Nase in die Luft.

„Ich rieche zwei, aber der Duft wird trotzdem schwächer“, verkündete sie zufrieden.

„Das glaub ich jetzt nicht!“, sagte Olvi hinter ihr auf dem Schlitten.

„Dann lass es bleiben und riech selber!“, sagte die Robbe beleidigt.

„So hat er das doch nicht gemeint“, sagte Alvi.

„Es sollte ein Kompliment sein“, erklärte Ulvi.

Die Robbe zog trotzdem den Schal über die Nase und hätte bestimmt geschmollt, wenn Iklik sich nicht eingemischt hätte.

„Du kannst es ihnen glauben“, sagte sie. „Dass es Komplimente sein sollen, merkt man bei Jungs nur nicht gleich.“

Die Robbe ließ den Schal oben, aber sie schmollte wenigstens nicht, denn das mit den Komplimenten kannte sie von den Robbenjungs.

Sowieso wäre es ja wohl ein Witz gewesen, wenn sie sich ausgerechnet jetzt gestritten hätten. Wo sich doch alles zum Guten wendete. Jedenfalls dachten sie das alle – bis Iklik und Ulvi genau im selben Moment etwas bemerkten, was ihnen in der ersten Freude entgangen war.

„Ups!“, sagte Ulvi.

„Da fehlt was!“, sagte Iklik und zeigte auf die Abbiegespur.

Und jetzt bemerkten es die anderen auch.

„Keine Spur von unseren beiden Boten", sagte Alvi.

„Oha!", sagte Olvi.

„Auweia!", sagte die Robbe, denn was das bedeutete, war ja klar: Wenn Aklak und Tuktuk von alleine abgebogen waren, konnten die beiden anderen der Eisbärmutter immer noch begegnen.

„Und wenn Ilse doch da war?", überlegte Iklik laut. Ilse, so hieß das Schneehuhn.

„Du meinst, sie könnte auf dem Schlitten gelandet sein?", fragte Ulvi.

„Möglich wär's doch", sagte Iklik.

„Dann wäre an der Stelle der Schlitten tiefer eingesunken", sagte Ulvi und stieg ab, um die Schlittenspur genauer zu untersuchen. Er ging dabei so weit zurück, dass man ihn zwischen den fallenden Schneeflocken nur noch als Schatten sah. Aber als er zurückkam, schüttelte er den Kopf.

„Du meinst, das würde man wirklich sehen?", fragte Iklik.

„Ich schon“, sagte Ulvi.

„Es gibt Fährtensucher, die sehen, wenn sich einem Eisbär ein Schmetterling auf den Kopf setzt“, sagte Alvi.

„Oder eine Laus in den Pelz“, sagte Olvi.

Iklik wusste nicht, ob sie ihnen das glauben sollte. Im Komplimentemachen waren Jungs nicht so gut, aber im Übertreiben schon.

„Und was jetzt?“, fragte die Robbe ängstlich.

„Erst mal holen wir Aklak und Tuktuk ein“, sagte Ulvi.

„Dann suchen wir Ilse und Ole alle zusammen“, sagte Iklik. Ole, so hieß der Schneehase. Seine Mama hatte den Namen ausgesucht, obwohl es eigentlich ein Eisbärname war.

Ulvis und Ikliks Plan war gut, das fanden alle. So wollten sie es machen.

„Wir fahren, so schnell wir können“, sagte Ulvi. „Die Spur ist frisch, die seh ich auch mit Karacho.“

20. Die Begegnung

Der Schneehase und das Schneehuhn waren die Ersten, die in dem dichten Schneetreiben zusammenrumsten. Beide waren sie in Gedanken, beide passten sie nicht auf, und als es rumste, war es zu spät.

RUMS!, machte es, dann wurde es beiden kurz schwarz vor den Augen. So erzählten sie es später. Was das anging, waren sie sich vollkommen einig. Gar nicht einig waren sie sich, wer an dem Zusammenstoß schuld war. Darüber stritten sie sich schon gleich, nachdem sie sich sicher waren, dass sie nicht mit der Eisbärmutter zusammengerumst waren.

„Ilse?“, sagte der Schneehase verdutzt.

„Ole?“, sagte das Schneehuhn verdutzt.

Dann ging das Geschimpfe los.

„Kannst du nicht aufpassen, du Huhn!“

„Ich?“

„Wer denn wohl sonst?“

„Du!“

„Ich?“

„Natürlich du … du Hase, du! Oder siehst du hier noch jemanden?“

So schimpften sie, und zwischendurch spuckten sie den Schnee aus, den sie bei ihrem Sturz in Mund und Schnabel bekommen hatten.

„Pft!“

„Pft-pft!“

„Pft!“

„Pft-pft!“

Der Schneehase musste immer zweimal spucken, weil er den größeren Mund hatte, in den mehr Schnee hineinpasste.

Ein paarmal trat der Schneehase dem Schneehuhn auch auf die kalten Füße. Das machte er immer, wenn er vor Aufregung mit seinen Hinterläufen trommelte.

„Au! Pass doch auf, wo du hintrommelst!"

„Pass *du* auf, wo du deine roten Eiszapfen hinstellst! Man zerkratzt sich ja die Fußsohlen."

So ging es hin und her, bis es wieder rumste.

„Au!", schrie der Schneehase.

„Au!", schrie das Schneehuhn.

Dabei war ihnen gar nicht viel passiert. Tuktuk hatte zwar auch nicht aufgepasst, aber Aklak schon.

Und wenn er nicht immer noch an den kleinen Eisbär gedacht und dauernd nach ihm Ausschau gehalten hätte, dann wäre es vielleicht ganz ohne Zusammenstoß abgegangen. So aber stupste Tuktuk den Schneehasen mit der Schnauze knapp über dem Puschel, und der Schneehase stolperte nach vorn und trat dem Schneehuhn auf die Füße. Das war alles. Aber sauer waren die beiden trotzdem.

„Könnt ihr nicht aufpassen, Mensch!", riefen sie wie aus einem Mund.

„Tut mir leid“, sagte Aklak.

„Wuff!“, sagte Tuktuk. Das hieß: Ihr habt zwar „Mensch“ zu mir gesagt, aber es tut mir trotzdem leid. Soll nicht wieder vorkommen.

Damit wäre alles gut gewesen, wenn Ulvi und die anderen nicht so mit Karacho herangebraust wären. Ulvi war ein guter Hundeschlittenpilot, obwohl er das große Rennen um den Eisbärbuckel gegen Aklak verloren hatte. Aber so schnell konnte er trotzdem nicht bremsen. Er schaffte es noch, Aklaks Schlitten auszuweichen, aber dann stupste einer seiner Hunde Tuktuk mit der Schnauze, nur ganz leicht, aber das reichte, sodass Tuktuk wieder den Schneehasen

stupste und der Schneehase nach vorn stolperte und dem Schneehuhn auf die Füße trat.

„Wuff!", sagte Tuktuk. Das hieß: Warum denn so eilig, Bruder? Mir macht's ja nichts aus, aber du weißt doch, wie Ole und Ilse sich immer gleich aufregen.

Und die beiden regten sich wirklich auf. Aber holla! Sie konnten nicht mal mehr richtig schimpfen.

„Ich … ich … ich …!", versuchte es der Schneehase.

„Du … du … du …!", versuchte es das Schneehuhn.

Und genau da kam die Robbe angeschlittert. Iklik hatte wie üblich Abstand gehalten und noch gemütlich anhalten können. Aber Alvi und Olvi wie üblich nicht. Die mussten scharf bremsen und halb zur Seite ausweichen. Alvi wie üblich nach links und Olvi wie üblich nach rechts. Und die Robbe war dabei von Olvis Schlitten gerutscht und im Schnee weitergeschlittert. Bis zum Schneehasen, dem sie von hinten in die Beine rutschte. Sie selbst schlitterte danach nicht weiter, aber der Schneehase stolperte nach vorn und trat dem Schneehuhn auf die Füße.

Das war der Moment, als Aklak dachte, jetzt sei es mit zwei oder drei ihrer schönen Freundschaften aus.

Aber genau da geschah ein Wunder.

21. Das Wunder

Auf einmal hörte das Schneegestöber auf. Es war, als hätte jemand oben am Himmel eine Klappe zugemacht. Die Flocken, die schon unterwegs waren, fielen noch zur Erde, dann war Schluss. Auch der Wind blies nicht mehr. Es war fast ein bisschen unheimlich, so still war plötzlich alles. Und so friedlich. Ringsum funkelte der Schnee, und darüber blitzte der blaue Himmel mit ein paar weißen Wölkchen, die aussahen, als wären sie nur dazu da, um schön zu sein.

Niemand sagte ein Wort, nicht mal das Schneehuhn, dem der Schneehase gerade zum wer weiß wievielten Mal hintereinander auf die kalten Füße getreten war. Es hüpfte nur auf der Stelle, damit der Schmerz nachließ, und auch der Schneehase machte keinen Mucks, als das Schneehuhn ihm dabei auf die langen Hinterläufe trat. Er hüpfte nur mit, und die Robbe rückte vorsichtshalber ein Stück zur Seite, damit er ihr nicht auf die Flossen trat.

Und dann sahen sie es. Wer von ihnen zuerst, hätten die Freunde hinterher gar nicht sagen können. Es sagte auch niemand: „Da!" Oder: „Seht ihr das?!" Sie schauten alle nur mit riesengroßen Augen auf den Glatzkopffelsen. Den sahen sie jetzt nämlich. Und er war gar nicht weit weg. Vielleicht hundert Schritte nach Süden. Höchstens!

Und oben auf dem Glatzkopffelsen standen sie: die Eisbärmutter mit ihrem Jungen. Die beiden schauten zu ihnen her, und wenn sie genauso überrascht waren wie die Freunde, dann merkte man es ihnen zumindest nicht an. Ganz ruhig standen sie da, und hätte man es nicht besser gewusst, hätte man denken können, sie wären gar nicht echt. Aber das waren sie! Und wie zum Beweis bewegten sie jetzt beide die Köpfe und schauten seitwärts zum Meer.

Dort schwamm der Wal mit dem kleinen Frechdachs, der genau jetzt eine kleine Fontäne blies. Niedlich sah das aus, aber die Eisbärmutter und ihr

Junges mussten sich trotzdem ducken, als gleich darauf ein kleiner Eisregen auf sie niederprasselte. Auweia! Hoffentlich wurde die Eisbärmutter jetzt nicht böse. Aklak und die anderen duckten sich auch, obwohl die Fontäne gar nicht bis zu ihnen reichte.

Und dann? – Dann schüttelte sich die Eisbärmutter, und der kleine Eisbär hob den Kopf und prustete in die Luft, als wollte er es dem kleinen Frechdachs nachmachen. Das sah so komisch aus, dass die Freunde um ein Haar gelacht hätten. Aber genau da hob die Eisbärmutter eine ihrer riesengroßen Tatzen, und anstatt zu lachen, duckten sie sich lieber noch ein bisschen tiefer.

Und dann? – Dann winkte die Eisbärmutter mit der riesengroßen Tatze, und der Wal hob eine seiner Riesenflossen aus dem Wasser und winkte zurück. Es war verrückt und passierte vielleicht nie wieder, aber dieses eine Mal *ist* es passiert. Aklak und seine Freunde waren dabei und haben es gesehen.

Und was war das? Jetzt hob der kleine Eisbär auch die Tatze! Der winkte auch! Und der kleine Frechdachs hob eine seiner Winzflossen aus dem Wasser und winkte zurück.

Wenn die Freunde das zu Hause im Eskimodorf erzählten, glaubte es bestimmt kein Mensch. Jetzt fehlte nur noch, dass die Eisbären ihnen auch zuwinkten. Und da: Der kleine Eisbär hob noch mal die Tatze! Er schaute sogar zu ihnen her! Und was machte die Eisbärmutter? – Die gab ihm einen Schubs. Man hörte ihn noch fauchen, weil er damit anscheinend nicht einverstanden war, dann war er verschwunden. Die Eisbärmutter hatte ihn vom Felsen geschubst, nach hinten, wo die Freunde ihn nicht sehen konnten.

Die Eisbärmutter schaute
noch, ob der Kleine heil unten
angekommen war, dann drehte sie
sich zu ihnen um. Die Freunde machten keinen
Mucks. Und die Eisbärmutter schaute zu ihnen her.

Sie schaute so lange, bis sich keiner von ihnen mehr zurückzuschauen traute. Dann brummte sie. Nicht laut. Und auch nicht fürchterlich. Nur so, dass sie alle langsam einen Schritt rückwärts machten und einer über den anderen in den Schnee purzelten.

Das war alles, was passierte. Die Eisbärmutter hatte gesagt, was sie zu sagen hatte, nämlich dass sie so einen Unfug bitte nicht noch mal machen sollten. Oder Aklak, falls der Wal ihr die ganze Geschichte erzählt hatte und sie wusste, dass die anderen ihn ja alle von dem Unfug hatten abhalten wollen.

Damit war es gut.

Bis die Freunde sich alle wieder aufgerappelt hatten, war die Eisbärmutter schon vom Glatzkopffelsen herunter und rannte mit ihrem Kleinen davon. Sie wollten anscheinend nach Westen. Dort lagen, so weit entfernt, dass man sie auch beim klarsten Wetter nicht sehen konnte, die Weißen Berge. Bestimmt hatten sie da ihre Höhle.

„Habt ihr gewusst, wie witzig rennende Eisbären von hinten aussehen?“, fragte Iklik, als die beiden nur noch ein großer und ein kleiner wackeliger Punkt am Horizont waren.

„Hast du schon mal Ole hinterhergeschaut?“, fragte das Schneehuhn Ilse.

Aber sie war nicht auf Streit aus. Es sollte nur ein kleiner Scherz sein und der Schneehase lachte selbst am lautesten darüber. Überhaupt waren jetzt alle froh, dass sie endlich wieder lachen konnten. Alles war gut, der Streit von vorhin war vergessen, und als der Frechdachs noch eine Wasserfontäne spritzte, lachten sie alle noch mal von vorn.

22. Und danach?

Danach mussten sie Aklak und Tuktuk erst mal erzählen, wie alles so gekommen war. Dass der Wal mit der Eisbärmutter geredet hatte, konnte er ja nicht wissen. Und dass es die Robbe gewesen war, die ihn darum gebeten hatte, auch nicht. Aklak wusste ja nicht mal, dass die beiden eine Geheimsprache konnten.

„Eine Geheimsprache?“, wunderte er sich.

„Tröt trööööt trööööt trööööt tröt trööööt“, trötete die Robbe. Und als der Wal den Kopf hob, rief sie ihm zu: „Du bist nicht gemeint!“

„TRÖT TRÖÖÖÖT TRÖÖÖÖT TRÖT TRÖÖÖÖT TRÖT TRÖT TRÖT TRÖT TRÖT TRÖT TRÖT TRÖT TRÖT TRÖÖÖÖT TRÖÖÖÖT TRÖÖÖÖT!“, brummte der Wal.

„Und was habt ihr jetzt gesagt?“, fragte Aklak.

„Ich hab ‚Ja‘ gesagt und er ‚Ach so‘“, erklärte ihm die Robbe. Sie war stolz wie Oskar, aber das konnte sie auch sein, obwohl sie eigentlich Ramona hieß.

„Danke, Ramona!“, sagte Aklak, und Tuktuk stupste sie sachte mit der Schnauze. Gut gemacht, Ramona!, sollte das heißen.

Und natürlich bedankten sie sich alle auch beim Wal.

„D-A N-I-C-H F-Ü-R!“, brummte der. Das hieß: Ach was, dafür müsst ihr euch doch nicht bedanken, das war doch selbstverständlich. Aber das kannten die Freunde schon von ihm. Seine Familie stammte aus der Nordsee, und es hieß, dort seien sie alle so bescheiden.

„Trotzdem“, sagte Aklak. „Ohne dich hätte die Sache ganz anders ausgehen können.“

„Ohne *mich* aber auch!“, brummte da der kleine Frechdachs, der anscheinend nicht aus der Nordsee stammte. Oder eigentlich brummte er noch gar nicht richtig. Er piepste nur ein bisschen tief. „Ich hab die Eisbärmama vollgespritzt, da hat sie gewusst, dass sie besser tut, was wir ihr sagen.“

„Aber klar doch!“

„Ganz bestimmt!“

„Das haben wir uns schon gedacht!“, riefen sie da an Land und schmissen sich vor Lachen in den Schnee. Der Kleine war echt klasse.

Aber schwer von Begriff war er nicht. Er merkte schon, wenn man sich über ihn lustig machte, und zur Strafe blies er eine extragroße Winzfontäne. Das bisschen Eisregen tat natürlich nicht weh, aber auf den Bäuchen und Gesichtern pikste es doch ein bisschen. Das hatten sie jetzt davon, und es geschah ihnen ja auch recht.

„Wir sind quitt, okay?“, sagte Iklik, die als Erste wieder auf den Beinen war.

„Und deine Fontänen sind echt erste Sahne“, sagte Aklak, während er sich den Schnee von der Hose klopfte.

„Aber hallo!“, sagten die großen Jungs im Chor, und das Schneehuhn, der Schneehase und die Robbe nickten.

„Wie heißt du eigentlich?“, fragte Iklik. „Ich heiße Iklik.“

„N-O-R-B-E-R-T“, brummte der Wal.

„Das wissen wir doch“, sagte Iklik. „Ich meine den Kleinen.“

„Ich bin nicht klein!“, protestierte der Frechdachs. „Ich bin größer als ihr alle da draußen!“

Das stimmte natürlich. Da hatte er recht.

„Klein für einen Wal, hab ich gemeint“, sagte Iklik. „Und wie heißt du jetzt?“

„Nils“, piepste der kleine Frechdachs.

„Also danke, Nils!“, sagte Aklak, und damit war alles gesagt, was gesagt werden musste.

23. Und noch danach?

Noch danach war es höchste Zeit, nach Hause zu gehen.

„Es ist bestimmt schon fünf", sagte Aklak, der spätestens um sechs zu Hause sein musste.

„Wollt ihr noch ein Stück mitfahren?", fragte Iklik das Schneehuhn, den Schneehasen und die Robbe.

„Danke, aber um halb sechs gibt's bei uns Abendessen", sagte das Schneehuhn.

„Bei uns auch", sagte der Schneehase. „Mit einer Möhre."

„Wir essen erst um sechs", sagte die Robbe. „Aber ich muss noch Hausaufgaben machen."

Also sagten sie einander Tschüss und verabredeten sich für morgen zur selben Zeit, aber ganz bestimmt genau beim Glatzkopffelsen und ohne Überraschungen oder Extratouren. So machten sie es aus, und nur der Wal wusste noch nicht, ob er pünktlich da sein konnte.

„Er muss morgen sein Zimmer aufräumen, darum", verriet Nils, als Norbert schon abgetaucht war. Dann verschwand auch er, und im Wasser blieben nur große und kleine Kringel.

„Ich wusste gar nicht, dass er überhaupt ein Zimmer hat", sagte Aklak.

„Aber wenn, muss es ganz schön groß sein", sagte Iklik.

Die großen Jungs schüttelten sich nur. Wie es war, so ein großes Zimmer aufzuräumen, wollten sie sich nicht mal vorstellen.

Dann brachen sie auf, Iklik und Tiktik vorneweg, Aklak und Tuktuk dahinter und noch dahinter die drei großen Jungs. Sie schlugen den kürzesten Weg zum Großen Eisbärbuckel ein. Den würden sie rechts liegen lassen und gleich danach die ersten Iglus sehen.

Schnell ging das, wenn man nicht gegen Nordwind und Schneegestöber ankämpfen musste. Sie sausten

nur so dahin, und als auch noch ein leichter Rückenwind aufkam, war es fast wie Fliegen.

Aber Moment mal – Rückenwind? Olvi, der als Letzter fuhr, wurde als Erstem mulmig.

„Spürt ihr den Wind?“, rief er nach vorn.

Das war haargenau, als sie den Großen Eisbärbuckel erreichten. Und genau da setzte auch das Schneegestöber wieder ein. Als hätte jemand die Klappe am Himmel wieder aufgemacht. Gerade hatten sie noch die ersten Iglus gesehen und plötzlich sahen sie nur noch Millionen Milliarden Flocken. Sie mussten langsam fahren, egal, wie eilig sie es hatten. Und aufpassen, dass sie die Richtung hielten! Na, wenigstens war es nicht mehr weit.

Oder doch? Sie mussten doch bald da sein. Wo waren denn die Iglus, verflixt noch mal?

„Siehst du was?“, rief Aklak.

„Noch nicht!“, rief Iklik zurück. „Oder doch! Da ist was!“

„Und was?“, rief Ulvi.

„Schatten!“, rief Iklik.

„Von Iglus?“, rief Alvi.

„Von Leuten“, rief Iklik. „Oder nein …“

„Wovon denn sonst?“, rief Olvi.

„Von Pinguinen!“, rief Iklik.

Sie mussten den Huskys gar kein Zeichen geben. Die hielten vor Schreck von ganz alleine an.

Jetzt sahen es die anderen auch: Pinguine!

Das konnte doch nicht sein. Sie konnten doch in der kurzen Zeit nicht um die halbe Welt …

Iklik, die vom Schlitten gesprungen und ein paar Schritte vorwärtsgegangen war, merkte es als Erste: ein Riesenpinguin und viele kleine, zwei mittlere, davon einer mit einem Entenschnabel – sie waren auf dem Schulhof gelandet.

Puh! Jetzt reichte es aber.

Nichts wie nach Hause!

Den Weg kannten sie zum Glück im Schlaf.

24. Und abends beim Schlafengehen?

Da wollten die Eskimomamas und -papas natürlich wissen, wo sie so lange gesteckt hatten bei dem Wetter.

„Och …“, sagten sie erst. Aber dann mussten sie erzählen, wie es gewesen war, und bei den großen Jungs gab es ein ordentliches Donnerwetter.

„Wisst ihr, was da alles hätte passieren können?!“, schimpften die Mamas.

„Eine Eisbärmutter mit ihrem Jungen – seid ihr noch ganz bei Trost?!“, schimpften die Papas.

„Aber man darf doch seinen Freund nicht im Stich lassen, oder?“, fragten die großen Jungs, und das mussten die Mamas und Papas zugeben.

„Und *du* warst der Fährtenleser?“, fragte Ulvis Papa noch, bevor er das Licht ausknipste.

„Jetzt sei du auch noch stolz auf den leichtsinnigen Bengel!“, schimpfte Ulvis Mama.

Ikliks Mama und Papa schimpften auch, aber nicht lange. Dann wollte ihr Papa nämlich wissen, warum sie überhaupt immer mit den Jungs durch die Gegend sause und nicht lieber mit den Zwillingsmädchen spiele, die auf keine solche gefährlichen Ideen kämen.

„Sag mal, geht's noch?“, sagte ihre Mama da, und ihr Papa war auf einmal ganz still.

Aklaks Mama und Papa schimpften am wenigsten. Oder eigentlich nur seine Mama. Sein Papa erzählte ihm bloß die Geschichte von einem kleinen Eskimojungen, der auch einmal die Spur von einem Eisbärjungen gefunden hatte und ihr nachging, obwohl man es ihm hundert Mal verboten hatte. Das Eisbärjunge in der Geschichte war auf dem Weg in die Höhle, aber das merkte der Eskimojunge erst, als es schon fast zu spät war. Er hörte es drinnen in der Höhle schon brummen, als er auf seinen Schlitten sprang. Zum Glück hatte er den flinksten Husky weit und breit, Taktak hieß der, mit dem brauste er davon und drehte sich erst noch einmal um, als er ganz sicher war, dass ihnen niemand folgte. Da sah er die Eisbärmutter. Sie stand vor der Höhle und machte, genau als er hinschaute, einen Schritt nach vorn. Nur *einen* Schritt und auch nur mit *einer* Tatze, aber das reichte dem kleinen Eskimojungen. Von da an ging er nie wieder einer Eisbärspur nach und sein Papa brauchte es ihm auch nie wieder zu verbieten.

„Der kleine Eskimojunge warst du, stimmt's?", fragte Aklak.

„Wenn ich mich recht erinnere, ja", sagte sein Papa lächelnd. „Aber niemand verraten!"

„Versprochen", sagte Aklak.

Dann zog ihm sein Papa die Decke bis zur Nasenspitze und gab ihm einen Gutenachtkuss auf die Stirn.

„Schlaf gut!", sagte sein Papa.

„Du auch!", sagte Aklak.

25. Und am nächsten Morgen in der Schule?

Am nächsten Morgen in der Schule erzählten sie die Geschichte auch der Lehrerin. Sie wollten abwechselnd erzählen und gaben sich auch Mühe, aber die meiste Zeit erzählten sie trotzdem alle durcheinander.

Die Lehrerin stand an der Tafel und zeichnete die Spuren im Schnee auf, damit die, die nicht dabei waren, die Geschichte besser verstanden. Aber das Bild an der Tafel war am Ende ein einziger Kuddelmuddel.

„Der dritte Kreis, den Aklak gefahren hat, war nicht so groß!“, erklärte Ulvi.

„Und der kleine Eisbär hat eine schärfere Kurve gekratzt, sonst wäre er doch nie am Meer rausgekommen“, erklärte Alvi.

„Wenn der Schneehase so gelaufen wäre, wäre er gegen den Glatzkopffelsen gedonnert“, erklärte Olvi.

Da gab ihnen die Lehrerin die Kreide und sagte, sie sollten die Spuren selber so zeichnen, dass sie stimmten. Hinterher war das Kuddelmuddel aber nur noch größer.

Das machte aber nichts. So vergaß die Lehrerin nämlich ganz, mit ihnen zu schimpfen. Das hatte sie eigentlich fest vorgehabt, aber jetzt sagte sie nur:

„Da fällt mir ein, dass ich bald eine Schneewanderung mit euch machen wollte.“

Na, das gab einen Jubel! Eine Schneewanderung! Spitze!

„Nächste Woche. Ich muss nur noch mit euren Eltern sprechen“, sagte die Lehrerin.

Das machte sie gleich nach der Schule, und die Eltern hatten nichts dagegen, außer dass es an dem Tag nicht schneien sollte. Es schneite auch nicht. Und trotzdem wurde es die komischste Schneewanderung, seit es überhaupt eine Eskimoschule gab.

Aber das ist eine neue Geschichte.

Anu Stohner wurde 1952 in Helsinki geboren und lebt als freie Autorin und Übersetzerin in Altlußheim am Rhein. Für ihre Übersetzungen aus dem Englischen, Schwedischen und Finnischen wurde sie vielfach ausgezeichnet, u. a. mit dem Finnischen Staatspreis. Zu ihren bekanntesten Büchern zählen die vom „Kleinen Weihnachtsmann", vom „Schaf Charlotte" und von der „Kleinen Schusselhexe", die alle in Zusammenarbeit mit Henrike Wilson entstanden sind.

Henrike Wilson studierte in Washington D. C. und Köln Malerei und Grafikdesign. Als Kinderbuchillustratorin hat sie sich international einen Namen gemacht. Kinder in China, Russland, Amerika und vielen europäischen Ländern kennen und lieben ihre Bücher. 2007 wurde Henrike Wilson für ihre Illustrationskunst mit dem New-York-Times-Award ausgezeichnet. Heute lebt und arbeitet die Illustratorin in Berlin.

Mit Dank an Sarah Häring für die kleine Pinguinfamilie.

ULVI
ALVI
OLVI
TIKTIK
AKLAK
TUKTUK
ROBBE